KB053073

나의

마음에게

마
음
이

전
하
는

말

이러나저러나 살기 쉬운 세상은 아닙니다. 인생은 어렵고, 자신의 앞날에 뭐가 놓여 있는지 제대로 아는 사람은 아무도 없을 것입니다. 그건 올해로 열아홉 먹은 저도 그렇고 서른이 된 우리 언니도 그렇고 쉰아홉인 우리 아빠도 그렇습니다.

취업한 지 얼마 되지 않은, 서른둘 먹은 우리 형부는 요즘 회사에서 자신이 퍽 불필요한 사람인 것 같아 불안하더랍니다. 자기가 할 수 있는 일이 아무것도 없는 것 같다고요. 그렇게 매일매일 눈칫밥을 먹다가 하루를 마치느라, 근심을 얼굴에 가득 쌓아놓고는 걱정스러운 나날들을 보내고 있다고 합니다.

요즘 들어서 친해진 스물한 살 아는 언니에게도

물어봤습니다. 세상에서 제일 불안한 일이 뭐가 있냐고요. 언니는 사람들한테 상처 주는 일이 제일 무섭다고 했습니다. 내가 무의식중에 사람들한테 상처를 주었을까 봐. 모르는 사이에 내가 지은 표정이 다른 사람의 기분을 상하게 했을까 봐, 친해진 사람들에게 편한 마음에 친 장난들이 도를 지나쳤다고 생각할까 봐 말입니다.

열아홉인 저도 불안하기는 매한가지입니다. 오랜만에 학교 친구들이랑 모여 카페에 앉아 있으면, 우린 앞으로 뭘 하면서 먹고 살까 하는, 주변에 앉아 있는 어른들이 들으면 우스울 만한 이야기들을 더러 합니다. 여러 가지 선택의 기로에 서 있는 우리들은, 어떻게 살아가는 것이 맞는 건지, 무엇이 옳은 방향인지 늘 갈등합니다.

아무것도 모르는데 이제 곧 어른이 된다니요,라는 말을 적어놓고 나니 우리네 인생이 참 불안한 것은 그 말마따나 아무것도 모르기 때문일지도 모르겠습니다. 모두에게 인생은 낯선 것이어서. 본래 사람은 처음 접하는 것들에는 겁을 먹기 마련이니까요.

나도 형부처럼 이 세상에서 필요하지 않은 사람

같다는 생각을 한 적이 있습니다. 열아홉 생일이 지나고 운전면허를 따기 위해 학원에 다녔었습니다. 면허를 취득하려면 필기 시험과 기능 주행 시험, 도로 주행 시험을 순서대로 모두 합격해야 합니다.

그중 도로 주행 시험을 두 번째 떨어지고 집에 걸어가던 길이었습니다. 정말이지 머리가 핑하고 돌 만큼 어지럽게 울었습니다. 난 남들 다 하는 운전조차 못하는구나. 난 정말 제대로 할 줄 아는 게 아무것도 없는 구제불능이구나 하고요.

연기를 하는 스물여덟 살 아는 오빠에게 이 이야기를 했을 때, 전 도로 주행 시험 4번 만에 합격했어요.하고 실토하더랍니다. 오빠에게 나는 떨어지고 나서 엉엉 울면서 집에 갔다고 하니, 오빠는 자기도 눈물이 나더라며, 그 실격을 말하는 감독관의 목소리가 너무 차갑더라 이야기했습니다.

상처받는 것은 세상 사람들 다 똑같은가 봅니다. 모두에게나 살아간다는 것은 퍽 벅차고 복잡한 일인가 봅니다. 어리다고 힘든 것을 모르지도 않고요, 또 어른이라고 아프지 않은 것도 아닙니다.

힘든 시간을 겪고 있거나 상처받은 어린 마음들

에게 이 책이 부디 자그마한 위로가 되길 바랍니다. 아팠고 또 아플 일들을 너무 두려워하지 말았으면 합니다. 열아홉도 쉰아홉도 인생은 어려운 법이니까 요.

열아홉의 끝에서, 장마음 올림

contents

1.

마음이 하는 사랑

○
해
바
라
기

    비가 갑작스럽게 쏟아지던 날이었다. 바람이 너무 거센 탓에 우산이 뒤집어져 그릇 모양을 만들어 자꾸만 빗물을 담아내고 있었다. 나는 비바람 속에서 빨리 도망치고 싶어 최대한 가까운 카페를 둘러보는 중이었다. 작은 우산 하나에 같이 엉겨 붙어야 했기 때문에 당신의 왼쪽 어깨와 나의 오른쪽 어깨는 이미 축축해진 상태였고, 땅에 고인 빗물들이 찰박거리면서 이내 내 바지를 다 적셨다.

    끈적거리는 날씨에 내가 발걸음을 재촉할 때 당신은 꽃집을 발견하고는 꽃을 한 송이 사야겠다고 했다. 찬찬히 꽃들을 둘러보더니 해바라기를 한 송이 사들고는 다시금 그 폭풍우 같은 비바람 속으로 들어갔다.

왜 해바라기를 샀느냐고 물었다. 마냥 당신만을 바라보기를 원하는 의미를 담은 거냐고 했다. 그냥 예뻐서 샀어. 별 이유가 있는 건 아니고.

문득 꽃을 선물 받았던 기억을 더듬어본다. 내가 받은 꽃이 무슨 꽃말을 지녔는지는 먼저 말해주지 않으면 굳이 찾아보려고 하지 않았다. 그저 당신이 내게 꽃을 주었다는 사실 하나만으로 이미 오늘은 행복한 날이 되었으니까. 나도 사랑받는 존재라는 생각을, 그래서 내가 퍽 의미 있는 사람이 된 것 같은 기분을 같이 선물해 준 셈이니까.

꽃말 모를 꽃을 한 송이 산다. 어차피 시간 지나면 시들어버릴 꽃이 무슨 이야기를 담았는지는 그다지 중요하지 않게 됐다. 내가 주고 싶은 건 그저 한 줄기의 꽃송이보다는 좀 더 대단한 거라서. 오른손에 네게 줄 꽃을 들고 가는 길이 신이 나는 걸 보니 선물은 너만 받은 것도 아닌 것 같다.

○

문
과
와

이
과

우린 잘 안 맞는 것 같아요. 사람을 단순히 문과
이과로만 나눌 수는 없겠지만 나는 완전한 문과고,
당신은 뼛속까지 이과다.

나는 당신을 닮을 수 없다. 나는 빛의 속도니 우
주의 기원이니 하는 것에 대해 굳이 궁금해 하지 않
고, 당신은 내가 좋아하는 시나 소설을 이해하지 못
한다. 재미없는 것을 재미있는 척할 수는 있겠지만
그건 정말 많은 체력이 필요한 일인지라, 시간이 가
면 결국에는 들통이 날 것이다.

그렇지만 당신은 좋아하는 분야에 대해서 열심히
떠들 때 반짝이는 눈빛이 예쁜 사람이다. 난 당신이
그렇게 푹 빠진 것들에 대해 사실 잘 이해하진 못

하지만, 그런 것들을 이야기해주는 당신의 모습이 예뻐 자꾸만 질문을 한다.

내가 그렇게도 좋아한다는 영화를 보고 와서는 놀라운 과학의 원리가 숨어있다며 신나게 떠드는 당신을 본다. 난 그런 원리가 있는 줄도 몰랐을뿐더러 그냥 영화가 아주 슬프고 마음 아픈 이야기라서 좋아한 건데.

어쩌면 서로를 맞춰간다는 건 그런 거겠지 싶다. 숫자와 친하지 않고 과학은 관심도 없었던 내가 세상이 돌아가는 걸 관찰하면서 그 이유를 당신에게 들어보는 것. 혹은 당신이 일련의 수식으로 정의해 놓은 세상에, 사실은 안쓰럽고 고민되는 변수들이 얼마나 많은지 알아가 보는 것.

그렇게 서로에게 물들어간다. 나는 당신을 배우고 당신은 나를 배운다. 다시 말하지만 우리는 서로를 닮을 수는 없다. 그렇지만 내 완전한 붉은 바다에 당신의 파란 바닷물 몇 컵을 계속 퍼 나르다 보면 너도 나도 보라색이 되어 있지 않을까.

○
일
상

이제는 일상이 된 습관들이 있다. 일어나자마자 접시 하나를 꺼내 저지방 우유를 담고 그래놀라 씨 리얼(우리 집에선 우유 과자라는 이름으로 부르는) 을 담아 퍼먹는 것. 카페에 가서 아이스 아메리카노 를 주문할 때 그 가게에 제일 큰 사이즈로 주문하는 것. 노트북으로 글을 쓰기 전에 귀에 이어폰을 꽂고 유튜브에서 조용한 인디음악 플레이리스트를 재생 하는 것. 하루에 한 시간씩 아파트 근처 산책로에서 저녁 산책을 하면서 생각을 정리하는 것. 자기 전 에 좋아하는 가수 둘이 진행하는 라디오를 틀어두는 것. 중요한 일정이 있기 전날 옥수수수염차를 사서 냉장고에 넣어놓는 것. 다음 날 아침에 마셔서 부기 를 빼야 하니까. 장거리 운전하기 전날 보조배터리

를 충전해 두는 것. 내비게이션을 보다가 배터리가
다 닳아버릴 수도 있으니까. 낮에는 땀을 너무 많이
흘릴지도 모르니 이온 음료를 가방에 넣고 나가는
것. 잠에서 깨고 이불을 갤 때와 발끝까지 덮고 잠
들 때에 꼭 너에게 안부 인사를 보내는 것. 날 웃게
한 일과 울게 한 일, 부당하고 화가 나서 머릿속으
로 정리되지 않는 일들을 너와 함께 나누는 것. 너
와 함께 했던 지난주에 대한 대화를 나누며 또 다음
주에 대한 계획을 함께 세우는 것.

  일상이 되어버린 습관들은 때때로 잃고 싶지 않은
것들이 많아서, 나의 일상이 무너지지 않았음 한다.
그러니 오늘 잠에 들고 나서 다시 깨어나도 여전히
옆에 있어 주기로 약속해주었으면 좋겠다.

○
복
숭
아

복숭아는 참 매력적인 과일이라고 생각한다. 과육의 단맛만큼 높은 확률로 복숭아 속에는 벌레가 살고 있어서, 오죽하면 '밤에 먹는 과일'이라는 별명까지 가지고 있다.

벌레가 있으면 안 먹음 되지, 굳이 깜깜할 때까지 기다렸다가 먹으라니. 어지간한 매력이 있지 않았더라면 복숭아는 지금까지 살아남을 수 없었을 것이다. 가시가 있음에도 불구하고 사랑받는 장미처럼. 기꺼이 그 모든 어려움을 뚫으면서까지 감내하는 건 정말이지 고귀한 사랑이라고 생각한다.

난 그런 복숭아를 정말 좋아한다. 딱딱한 것도 좋고 물렁한 것도 좋고 황도도 좋고 백도도 좋고 천도도 좋다. 복숭아 철이 막 시작할 때부터 이제 정말

찾을 수가 없다 싶을 때까지는 매일같이 복숭아를 먹는다. 나는 복숭아를, 오빠는 수박을 매일같이 먹어서, 엄마는 여름이 되면 과일값이 너무 많이 나간다 한탄하신다.

오늘 아침에도 어김없이 복숭아를 잘라서 먹는데, 갑자기 다 먹고 나서 목이 간지럽기 시작했다. 인터넷에 찾아보니 복숭아 알레르기의 흔한 증상이라고 한다. 의사인 친오빠한테 물었다. 알레르기가 없었다가 생기기도 해? 어. 아님 예전부터 있었는데 네가 몰랐던 걸 수도 있고.

물론 이미 내가 키위와 파인애플에 알레르기가 있기 때문에 충분히 다른 알레르기도 갖고 있을 수 있다고 생각하기는 했지만, 그래도 이건 너무 뜬금없잖아. 평생 아무런 증상 없이 복숭아를 먹어왔는데 이렇게 갑자기.

-라고 생각을 하고 보니 인생은 또 원래 갑작스러운 건가 보다 싶다. 따지고 보면 예고하고 찾아오는 것도 없으니까. 여름에서 가을로 계절이 넘어가는 그 찰나의 순간처럼. 친구로만 생각했던 너를 더 이상 친구로 느끼지 못 하게 만드는 장면처럼.

복숭아 같은 너를 사랑했던 적도 있었더란다. 네 속엔 벌레가 많았지만 그 벌레를 무시할 수 있을 정도로 너는 참 달콤한 사람이었다. 어쩌면 난 그 알레르기를 알았음에도 불구하고 간지럼을 참아내서라도 널 사랑하고 싶었는지도 모른다. 네 매력에 눈이 멀어 내가 병들어 가는 줄도 모르고.

이제는 내가 복숭아를 먹으면 간지러울 거란 사실을 확실히 알지만 그래도 복숭아를 깨문다. 못 참을 정도는 아니야. 남들은 미련하다고 손가락질할지도 모르겠지만 내가 복숭아에 질려버릴 때까지는 계속 하루에 한 알씩 꺼내 먹고 있겠지. 결국 날 아프게 만든 건 복숭아가 아니라 나겠구나. 아휴. 복숭아가 뭐 그렇게 좋다고.

피곤한 저녁
집으로 돌아가는 도중

괜히 목소리가 듣고 싶어
예고 없이 한 전화를
상기된 목소리로
받아 주어서 고마워.

네가 오늘 대화를
다 마치고 잠에 들고도

내일 다시금 깨어나고 나서도
또 나와 대화를 시작해 주겠다고
약속해 줘서 고마워.

오늘 내가 뱉은 고맙다는 말에는
이런 긴 이유들이 담겨있었지만
부끄러우니까 그냥 생략할래.

영이는 초코우유를 좋아한다. 그거 말고는 정보가 없었던 준이는 고백하는 날 초코우유를 사 갔다. 지하철을 타고 가면서 뱉을 멘트를 몇 번이고 곱씹어 보았다고 했다. 내가 너무 늦었지. 그렇지만 더 늦기 전에 고백해야 할 것 같아서. 나 너 좋아해. 우리 사귀자.

영이네 학교 근처 역에 내린 준이는 나오자마자 안개가 낀 하늘을 보고 무언가의 징조 같아 불안해 졌다. 그래서 좋아하는 영화인 '어바웃 타임'의 OST를 틀고는 야자 끝나고 나올 영이를 기다리며 나무 위에 걸터앉아 있었다. 나무를 올려다보니 유독 앙상한 나뭇가지에 나뭇잎은 한 장도 없었다. 괜히 찝찝한 마음에 준이는 다른 나무로 옮겨 앉았다고 했다. 앉자마자 하나둘 나뭇잎이 떨어지기 시작했고 괜한 마음에 떨어지는 나뭇잎들을 애써 꽂아 붙였더란다. 그게 붙인다고 붙여지나.

곧이어 영이가 나오고 둘은 만났다. 내가 너무 늦었지. 준이는 초코우유를 건넸다. 잠깐 동안 1분 남짓하는 침묵이 흘렀다. 이제 슬슬 준비한 멘트를 해야 하는데 입이 자꾸 떨어지지가 않았다고 했다. 첫 단어를 내뱉을 때마다 다음 단어가 목소리에서 나오지 않아 자꾸 그, 그 하며 첫 글자만 버퍼링이 걸린 것처럼 반복했다고.

결국은 준비한 멘트는 아무것도 하지 못 하고, 투박하게 한 마디 뱉었다. 좋아해. 영이는 피식 웃었다. 고백할 때 초코우유를 사 오는 사람이 어디 있어.

이제 일 년이 다 되어가는 영이와 준이는 열아홉 동갑내기 커플이다. 여전히 준이는 영이의 야자가 끝나는 시간에 맞춰 학교로 가지만 이제는 초코우유 말고도 영이가 무얼 좋아하는지 좀 더 많이 알고 있다. 영이가 가장 좋아하는 영화는 '어바웃 타임'이 되었다. 한창 여름 동안 자란 빽빽한 초록빛 나뭇잎들은 가지에서 떨어질 줄을 모르는 중이다.

밤
거
리
를

담
다

가

　밤공기는 꽤나 선선했고 점점 어두워진 하늘에 가
로등이 하나둘씩 타닷,하고 켜졌다. 먼지도 구름도
없는 맑은 날씨에 영화 같은 풍경이 펼쳐졌다. 이런
완벽한 날은 사진으로 남겨 두어야 해! 밤거리의 사
진 몇 장을 남기고는 잘 찍혔나 확인한다.

　사진첩에 담긴 완벽한 오늘 위로, 너의 흔적들이
하나둘 보인다. 난 그때 네 얼굴이 담긴 사진을 모
조리 지우고는 다 정리했다고 생각했지만 그날 함께
먹은 라멘집이, 함께 간 카페가, 함께 본 더럽게 재
미없었던 영화의 예매표가 남아있다. 아무래도 오늘
하늘에 먼지가 많았던 건지 시야가 뿌옇다.

새벽의 대화

엄마 아빠는 결혼하신 지 올해로 30년이 넘었다. 나는 잠을 깊게 자지 못하는 탓에 새벽에 자주 깨는 버릇이 있는데, 새벽과 아침 그 어중간한 사이 즈음 잠깐 잠에서 깨었을 때 자그마한 목소리가 들려오는 걸 잘 집중해 들어보면 두 분이 도란도란 대화하는 소리가 들린다. 그렇게 오래 같이 살았는데도 아직도 그렇게 할 말이 많은가 보다. 그런 건 젊은 애들이나 하는 거라며 부끄러워 애정 표현 하나 제대로 하지 않아도 여전히 사랑을 하는가 보다.

○
내
일
알
려
줄
게
요

알게 된 지 얼마 되지 않은 오빠가 하나 있다. 지
인의 지인인데, 입버릇처럼 하는 말 중의 하나가
'내일 알려줄게요.'라는 말이다. 무슨 음식 좋아하
세요? 내일 알려줄게요. 게임 잘하세요? 내일 알려
줄게요.

워낙에 재치 있는 오빠라 그냥 밀고 나가는 유행
어인가보다,하고 넘어가기는 하지만, 자꾸 쓸데없는
것까지 내일 알려준다기에 한번은 심통이 나서 물어
봤다.

"왜 자꾸 내일 알려준다고 해요?"

"제가 좋아하는 말이거든요."

그 말이 대체 뭐가 좋다는 건지 싶더라. 왜요? 그럼 적어도 내일까지는 연락이 오잖아요. 와. 아무런 답장도 하지 못하고 잠시 멍하니 그 문장을 바라만 보고 있었다.

여전히 대화를 나누고 있는 오늘도 우리 사이에는 '굳이 내일 알아야 하는' 것들이 있다. 내일이 되면 또 내일 알아야 하는 것들을 만들어 내겠지. 끊기고 싶지 않은 사람이 된다는 건 생각보다 기분 좋은 일이더라. 그렇게 서로가 계속 이어나가기 위한 귀여운 노력을 하는 중이다.

○

새
싹
에

가
까
운

얼굴을 마주하는 것만으로도 부끄러워서, 세 마디 이상 하지 못 하고 쉬는 시간 종은 쳤다. 45분의 지루한 수업 시간을 그 세 마디를 나누던 네 얼굴을 곱씹는 데에 할애하고, 다시 쉬는 시간이 되면 너희 반 뒷문 앞으로 가 널 기다리며 서 있다. 드르륵 문이 열리고 쏟아지는 남자애들 틈에 네가 나오면, 막상 또 네 눈을 바라보지 못 해 부끄러운 듯 피해버리고 만다.

말을 섞는 것도 곤혹이니 손을 잡는 건 더더욱 어려운 일이었다. 친구들이 놀리면 어쩌지. 연애라는 게 원래 이리도 어렵고 큰 용기가 필요한 일인 거구

나. 어른들은 도대체 어떻게들 그렇게 서로를 만나고 결혼까지 하는 건지, 아님 이렇게 미친 듯이 쿵쿵거리는 심장 소리가 머리를 이내 어지럽게 하는 내가 이상한 건지 싶다.

애들이 복도에서 실내화로 축구 하는 걸 구경하며 훈수를 두고 이래저래 시끄럽게 떠들고 있을 때, 너는 내 춘추복 셔츠 소매를 잡는다. 나는 네 왼손 가까이로 손을 가져간다. 너는 네 등 뒤로 내 손을 살며시 잡으며 행여나 친구들이 볼까 감춘다.

쉬는 시간 종이 다시금 치고 부끄러운 나는 손을 놓고 교실로 들어가려 하지만 너는 내가 힘을 다 빼고 놓아버린 손을 더 꽉 움켜쥔다. 벚꽃이라기보다는 새싹에 가까운, 풋풋하다 못해 덜 익은 시큼한 풀 내음이 나는, 귀여운 설렘이었다. 봄과 여름의 경계 속에 나의 첫사랑이 그렇게 머무르고 있었다.

길 가다 마주친 귀여운 길고양이를
보여주고 싶은 사람이 생긴다는 것은

어디든 들어가고 싶은 마음에 찾은
카페에서 마신 청포도 주스가 너무 맛있어서
데려오고 싶은 사람이 생긴다는 것은

최악의 하루를 보내고는 한껏 울면서
분풀이할 수 있는 사람이
생긴다는 것은

○

멍

다리를 두 팔로 감싸서 앉아있는데 무심코 본 무릎에 멍이 들어있었다. 그전까지는 아프지도 않았으면서 멍을 발견하고부터는 괜히 계속 욱신거리는 기분이 들고 신경이 쓰인다.

도대체 언제 다친 거지? 아무리 지난 기억을 되짚어 봐도 딱히 짚이는 게 없다. 아마 뭐 움직이다가 모서리 같은 데 찧었으리라. 난 원래 부주의한 편이니까.

멍을 발견한 이후부터는 걷다가 무릎이 접힐 때마다 괜히 아픈 것 같고, 바지를 입을 때도 닿지 않게 신경을 쓰기 시작했다. 아플 걸 알면서 굳이 한 번씩 눌러보기도 한다. 사람들이 자꾸 내 무릎을 발견하고는 어디서 다쳤냐고 물어볼 때면 다시금 욱신거린다. 사실은 그렇게 아프지도 않으면서 엄살도 피워본다.

의식하고 난 이후로부터 신경 쓰이는 것이 있다. 나만 몰랐었던 내가 가진 말버릇이라든지. 인중에 이제 막 나기 시작한 여드름 같은 거. 혹은 내가 널 좋아한다는 사실 같은 것 말이다.

맹세한다. 나는 정말 몰랐다. 우습게도 주변 사람들이 먼저 알고는 내게 일러주더라. 그렇게도 티가 나면서, 어쩜 사람이 그렇게 둔감하냐고 했다. 솔직히 난 아직도 완전히 인정하지 않는다. 그렇지만 이야기를 들은 이후로부터 괜히 신경이 쓰이는 탓에 네가 종종 꿈에도 나오곤 했다. 별 건 아니지만 가끔 길을 가다 너랑 비슷한 옷차림을 한 사람을 보면 너인가 싶을 때도 있었다. 일상이 불편해지기 시작했다.

알아차리고 나서부터 자꾸 욱신거린다. 욱신거리는 게 멍 때문인지 다른 이유인지는 잘 모르겠지만. 원래부터 멍이 이렇게 마음을 시끄럽게 만드는진 몰랐다. 그러게 조심 좀 할 걸 그랬다. 늘 부주의한 게 문제다. 혹은 알아차리지라도 말걸.

동
네
카
페

    자주 가던 카페가 사라졌다. 다섯 장째 모은 쿠폰
의 마지막 도장을 막 찍으려던 때였다. 나는 왜 사
라졌는지 이유를 알지는 못 한다. 접근성이 좋지 않
은 위치였지만 홍보가 나름 잘 되어서 사람이 자주
붐볐는데. 건물주와 트러블이 있었을 수도 있고, 혹
은 사장님이 개인적인 사정이 있었을 수도 있고….
잘은 모르지만 어쨌든 내가 자주 가던 카페는 사라
졌다.

    프렌차이즈를 좋아하진 않았지만 이제는 갈 카페
가 없어서 스타벅스니 투썸플레이스니 하는 곳들을
간다. 이 브랜드들이 딱히 문제라는 건 아니지만 개
인 카페 특유의 사람 냄새가 없어서. 최고의 서비스

를 자랑하는 공간 안에 있노라면 차가운 편리함이 어색하더라.

여전히 자꾸만 생각난다. 저렴한 가격에 토스트를 구워 슈가파우더를 뿌린 후 생크림과 함께 올려놓은 생크림 토스트도, 모짜렐라 치즈와 토마토, 햄을 빵 사이에 잘 눌러서 구운 파니니도. 카야 토스트라는 것도 아마 그 카페에서 처음 먹어봤었던 것 같다.

원래 카페는 자주 바뀌고 특히나 그런 구석에 있는 가게들은 더더욱 자주 바뀐다지만 그 근처 길거리를 갈 때마다 알게 모르게 섭섭함을 느낀다. 막 고등학교를 들어가고 나서 머리채를 쥐어뜯으며 중간고사를 준비하던 것도, 시험 기간 카페에서부터 집으로 가는 길에 이어폰을 꽂고 노래를 들으며 갑갑함에 펑펑 울었던 것도, 좋아하는 사람들을 카페로 데려가고는 맛이 어떤지 평가를 기다리던 것도, 학교에서 하는 영상 대회를 준비하느라 친구들과 카페 옥상에서 촬영을 했던 것도 다 그곳에 담긴 추억들이라서. 나의 소소한 역사는 다 그곳에 머물러 있더라. 그렇게 공간 하나에 붙인 정조차 제대로 떼지 못 하는 부끄러운 내가 있다.

그렇게도 쿨하게 살고 싶다고 입에 달고 살았지

만, 오는 것에 기대하지 않고 가는 것에 의미 두지
말자고 생각했지만, 사라진 동네 카페 하나에도 울
고불고하는 나를 보며 난 참 쿨하지 못 한 사람이다
생각한다. 이제는 미적지근한 나임을 인정할 테니
눈 비비고 감았다 다시 뜨면 짠하고 돌아와 줬음 좋
겠다.

○

남
겨
지
다

　여기. 그렇게 남아 있다. 네가 사 온 비누가 물에
너무 많이 녹아 내려서 이제는 우리 집 화장실 선반
이랑 쏙 붙어버렸다. 본래 비누라는 놈은 깨끗하게
씻기 위해서 만들어진 놈인데 이상하리만치 녹아서
애매하게 묻어있는 비누는 청결하지 못한 기분이 든
다. 본질은 다를 게 하나도 없는데.

　너는 아마도 내게 비누를 줬다는 사실조차도 기억
하고 있지 못할 것이다. 하지만 우리 집에서는 아직
도 네가 준 비누를 쓴다. 세수를 하고, 샤워를 하고,
가끔 내 흰색 운동화를 빨 때도 쓴다. 예쁘게 보이
고 싶어 널 만날 때는 구두밖에 신은 적이 없어서,
넌 아마 내 흰색 운동화가 어떻게 생겼는지도 모를
거야.

이제 선택해야 할 때가 오겠지. 언제까지 붙어 있
는 비누를 가만히 내버려둘 수는 없잖아. 선반과 하
나가 된 녹은 비누를 어떻게든 긁어서 떼어 내고 나
면 선반과 끈질기게 붙어 있는 비누 잔해들은 물을
뿌려서 씻어내야 하겠지. 정말 많은 물이 필요할 거
야. 근데 좀 웃기지 않니? 누군가를 씻기 위해 만들
어진 비누인데 개네들은 스스로를 씻어 내면서 사라
지잖아.

그니까 이왕이면 입욕제 같은 걸 주지. 한 번에 파
파팟 하고 사라지면 좋잖아. 왜 굳이 비누 같은 걸
갖다줘서는.

오늘 네가 꿈을 꾼다면
그 꿈에 내가 나왔으면 한다.
네게 인사만 할 수 있더라도
그 꿈은 현실적이지 못 할 테니까.

가능한 한 달콤한 꿈을 꾸어
내용을 다 잊어버리더라도
깨어날 때 비시시 웃음이 지어졌으면 한다.

꿈에서 깰 때 눈물이 난다면,
기분 좋은 하루를 보내진 못 할 테니까.

정말로 꿈에 내가 나온다면
가능한 한 길게 꿨으면 한다.

조금이라도
나를 머금을 수 있을 테니까.

하지만 네 꿈에
내가 나올 일은 없을 테니

차라리 내 꿈에
네가 그만 나와줬으면 한다.
이건 너무 불공평한 거니까.

○
의
미

의미 없는 것에도 의미를 부여하게 되는 것. 당신이 내뱉은 한숨 하나에도 울고 웃고 하는 것. 깜빡 네가 잠에 든 시간 동안 오만가지 시나리오를 쓰게 하는 것. 네 스토리에 올라온 그 사람과 너와의 관계를 알고 싶어 SNS를 염탐하다가 잘못 누른 좋아요에 이불을 뻥뻥 차는 것. 네가 프로필에 걸어둔 음악의 제목과 가사에 괜히 나를 대입해 해석하고 그 노래들을 주구장창 듣다가 그 노래가 곧 나의 플레이리스트가 되는 것.

그러다 나 홀로 풀이하고 연구하는 시간이 허망해질 때가 비로소 사랑을 정리하는 순간일지도 모른다. 쏟아붓는 열정이 비참하다고 느낄 때. 나의 시선이 계속 너에게 꽂혀 있다가 다시 나에게 돌아오고 나면, 나 참 지극정성이었네, 추하다. 하고 쓴웃음을 짓는다.

그렇게 이제는 의미 없는 것들에 애써 의미를 부여하지 말자고 몇 번이고 다짐하지만, 네가 이유 없이 베푼 친절에 나는 오늘도 마음을 놓아 버릴 수가 없다.

아무런 일이 없어 의미를 둘 수조차 없는 시간이 지속되면 식어버리다가도, 다시 네 행동 하나가 눈에 들어오면 다시금 의미를 두고 불타오르는 게 내 마음이라서. 내가 쓰고 내가 해석하는 시나리오 속에 네가 주인공으로 출연하고 있다는 사실을 넌 알기나 할까. 의미를 찾고 있는, 이 의미 없는 행동들에 대하여.

○

다
짐

영양제 좀 사 먹자. 철분제랑 마그네슘. 맨날 까먹
는다. 나사 빠진 애처럼 돌아다니지 말자. 주변에서
사람들이 자꾸 물어보잖아. 오늘내일 중으로 도서관
가서 책 반납하자. 언제까지 연체 문자 받을 거야.
바뀐 밤낮 좀 돌려놔야 하는데. 밤에 깨고 해 뜨면
자는 것도 그만해야지 이제. 핸드폰 좀 적당히 보
자. 그런다고 뭐가 달라지냐. 어차피 알림 아무것도
안 왔어. 구질구질한 것도 이제 그만 하면 안 되냐.
제발 정신 좀 차리자.

몇 날 며칠째 다짐하지만 그놈의 영양제는 아직도
못 샀으며 연체 문자는 문자함에 차곡차곡 쌓이는
중이다. 오늘도 네다섯 시가 되어서야 눈을 떴다.
좋은 저녁이야. 나는 여전히 그렇다. 네가 없어졌다
고 해서 달라진 것 하나 없이.

○
난
시

　열두 시가 다 되어가는 밤 무심코 하늘을 올려다
봤을 때, 이미 보름달이 뜰 시기는 지났는데도 말도
안 되게 커다란 달이 있기에, 무슨 슈퍼문이라도 뜬
건가,하고 생각했지만 이내 내가 렌즈를 빼고 나왔
다는 사실을 깨달았다.

　나는 본래 난시가 있다. 눈을 찌푸리고 다시 달을
쳐다보니 원래 있어야 할 보름달과 하현달 사이의
살짝 베어 물은 듯한 달이 있다. 겹쳐지고 불어나서
커진 달보다 훨씬 초라한 달이다.
　어쩌면 시력 탓이었으리라. 그때에 내가 너를 제
대로 보았더라면 사랑에 빠지지 않았을지도 모른
다. 시간이 꽤 흐르고 다 차갑게 식은 후 다시 본 너
는 어느 하나 사랑할 구석이 없는 사람이었는데. 어

지러운 시야에 너의 모난 모습들이 겹쳐 이내 둥글
어져서, 그 때문에 너의 모든 부분을 사랑하게끔 보
였던 건지도 모른다. 그렇지만 주변에서 안경이라도
끼고 다니라고 했을 때 안경다리를 부러뜨린 건 나
였으면서. 이제 와 되짚어보며 후회하는 것도 우습
다마는.

어차피 모두 사라질 텐데
왜 나의 전부를 주었을까.

허망하도록
왜 떠날 것에 바닥을 보였을까.

분명히 또다시 모으려면
많은 시간이 걸릴 텐데.

왜 항상 합리적으로 생각하지 못하고
모든 걸 쏟아버린 후 한참이 지나서야
계산이 되는 걸까.

모든 걸 쏟아버린 직후인 지금
이제는 모을 엄두가 나지 않는다.

나는 또 힘들게 한참 동안
쌓아야 할 것을 생각하면
차라리 모으지 않고 쓰지 않는 것도
방법이겠다 싶다.

춥고 굶주리는 편이
낫지 않겠느냐고.

그렇게 다짐하지만
또 나는 아끼는 법을 잊는 사람이더라.

짝
사
랑

나는 위궤양이 있다. 열여덟에 위내시경이라는 어
울리지 않는 두 단어를 조합했을 때 알았다. 그렇
지만 난 커피를 정말 좋아한다. 주변 사람들은 이미
다 알고 있는 커피광인데, 커피에 들어 있는 카페인
이니 산이니 하는 것들이 위를 아프게 하는 것들이
라 병원에서는 먹지 말라고 늘 신신당부한다.

커피 없는 삶은 오래 살아봤자 의미가 없어, 라며
의사의 말을 무시하고 살지만 가끔 진짜 커피를 마
시다 위가 쓰라릴 때가 오면 그제야 정신이 든다.
다른 사람들은 커피를 마셔도 아무렇지도 않은데 왜
나만, 하면서 화를 내 보기도 한다. 언제부터 위가
이렇게 아팠나 생각해 보면 커피를 마셔서 위가 안
좋아진 건지 위가 안 좋아서 커피를 마시면 안 되는

건지 그 시작을 알기가 어렵다. 결국 계란이 먼저냐 닭이 먼저냐 하는 갑론을박이 되어버릴까 그만둔다.

사랑할수록 날 아프게 만드는 것들이 있다. 나는 내 꿈을 사랑했다. 그럴수록 내 하찮은 재능은 날 비웃었다. 네가 하는 건 노력이 아니라 삽질이야, 하고 훨씬 잘하는 사람들을 보여주며 날 애매한 사람이라 낙인찍던, 나조차도 내가 애매한 사람이 아니라고 부정할 수 없어 더 아팠던, 현실을 무서워하는 몽상가가 있었다.

사랑한다는 말을 뱉는 것조차 슬픈 일이 되는 것. 내게는 특별한 사람이 날 특별한 사람으로 생각하지 않는 일. 그래서 나와 네 사이의 간극이 벌어지면 더 벌어질수록 날 비참하게 만드는 것. 그런 괜한 멍청한 사랑을 하는 것. 아마 이런 문장들이 짝사랑이라는 단어를 정의할 수 있을 것이다. 아픈 사랑은 주로 쌍방이 아닐 때가 많더라.

그렇지만 모두들 짝사랑을 하는 데에는 이유가 있을 것이다. 그놈의 사랑이 뭐길래 바보같이 받지 않아도 자꾸 주려고 하는 것인지. 어김없이 아픈 위장을 붙잡고 샷 추가까지 한 커피를 마시며 생각했다. 나는 이유를 모르겠다. 정말이지 모르겠다.

하
늘
색

사
랑
니

태풍이 휩쓸고 지나간 오늘의 하늘은 불그스름한 분홍색이었다. 약간의 보라색과 또 약간의 푸른색이 가미된, 솜사탕 같은 색의 하늘이었다. 쉽게 볼 수 없는 무지개까지 뜬 오늘의 하늘은 모두의 사진첩 한편에 자리 잡기 충분했다.

하늘을 감상하다 문득 하늘색이라는 단어에 대한 이질감을 느낀다. 하늘의 색이 하늘색이 아니다. 이걸 하늘색이라고 할 수 있을까? 보편적인 그 푸른 하늘의 색을 하늘색이라고 하는 거라면 오늘의 하늘은 하늘색이라고 말할 수 없을까? 아님 어두컴컴한 밤하늘은?

그렇다면 우리 사랑니를 사랑니라고 할 수 있을까? 일단 난 그 고통스러운 치아를 절대로 사랑하지 않는다. 누군가는 사랑니의 통증이 짝사랑의 고통과 같아서 사랑니라고 부른다고 하지만, 어떤 사랑이 도대체 신경을 건드리는 것처럼 찌잉 하고 아프겠느냐고. 첫사랑을 할 때 즈음 나서 사랑니라고 한다는 말도 있다지만, 처음 사랑을 하는 시기는 모든 사람이 각자 다를 텐데.

말도 안 되는 이름을 가진 단어들이 너무 많다. 만약 어떠한 사랑도 하지 않는다면 평생 사랑니 같은 건 나지 말아야 하는 것 아닐까. 치과에 가서 사랑니를 빼고 나면 사랑을 좀 멈추게 할 수도 있지 않을까, 생각해 보지만 이 역시나 이름값을 못하는 까닭에.

무슨 이름을 붙여주는 게 맞는 걸까. 하고 쓸데없는 고민을 하고 있는 지금도 왼쪽 위에 나고 있는 사랑니는 여전히 아프고 노을을 머금은 하늘색은 찬란하리만치 아름답다. 너는 그런 오늘의 하늘을 봤을까. 인스타그램 스토리는 몇 번이고 올라왔지만 카카오톡 숫자 1은 여전히 남아있다. 쓰라린 내 한쪽의 마음도 아마 살을 뚫고 나고 있는 왼쪽 사랑니 때문일 거야. 진짜로 괜찮아질 수만 있다면 맨손으로라도 뽑아버리고 말 텐데.

○

꿈

오늘은 꿈에 네가 나왔는데 넌 그걸 알지 모르겠어. 난 꿈에서조차 너한테 말 한마디를 못 걸었다. 물어보고 싶었던 게 참 많았는데, 꿈인 줄 알았으면 화라도 내볼걸. 그때 왜 그랬냐고, 답답하게 굴지 말지 그랬냐고.

네가 나온 꿈에서 갑자기 어떤 사람이 나한테 질문을 했어. 추억은 어떤 방식으로 기억될까요? 꿈속의 나는 프레임이요. 하고 대답했어. 깨어나서 생각해 보니 내가 왜 그렇게 대답했는지 잘 모르겠어. 아마 추억이라는 게 모든 장면이 영화 전체처럼 처음과 끝이 쭉 연결되어 있는 게 아니라 짤막하게 순간순간이 조각처럼 남아있기 때문에 그런 말을 했나 봐.

추억은 어떻게 남을까? 장소로? 당시의 냄새로?
음악? 혹은 사진? 확실한 건 그 모든 게 지금 내게
추억으로 남아있다는 거고 그것들이 아무 관계없을
것 같았던 거리를 지나가다가도 말도 안 되는 타이
밍에 정말 어이없게 날 추억하게 해. 추억은 아름답
다기보다는 짓궂더라고.

○
열
차

느지막한 아침 당산에서 합정을 막 지나가는 2호
선 열차를 타고 가다 비가 온 뒤 잘 닦지 않았는지
빗물 자국에 희뿌연 창문 밖을 내다보면 빠르게 지
나가는 한강 위 누가 글리터라도 뿌려놓은 양 강물
은 반짝이며 일렁인다. 두 눈에만 담아 두기엔 너무
안타깝기에 주머니 속을 뒤져 핸드폰 카메라 어플을
막 켰더니 눈치 없는 열차는 이미 터널 속으로 들어
가 버렸다.

나는 무엇보다도 네게 그 아름다움을 선사하지 못
했다는 사실이 원망스러웠다. 어떻게든 네가 그 반
짝거림을 보기 원했다. 그래서 네게 이야기했다. 꼭
열 시 즈음에 당산에서 합정으로 가는 지하철을 타
봐.

하지만 네가 열 시에 일어나는 일은 없었다. 지하철을 타지도 않았다. 하루가 지나고 일주일이 지나도 너는 계속 늦게 일어나기를 반복했고 이동할 일이 생기면 차를 탔다.

그래. 사실은 이미 알고 있었다. 너는 그 반짝이는 강물이 그렇게 흥미롭지 않았고 당산에서 합정을 지나는 그 열차는 이미 멀리 떠나 아마 지금쯤 잠실이나 교대 즈음을 지나고 있는 거다. 시간은 괜찮으니 다시 당산으로 순환하기를 기다릴까 했지만 피곤한 기사님의 목소리가 내게 스친다. 우리 열차는 신도림까지만 운행하는 열차입니다.

그때 즈음
자주 가던 카페에 앉아
다시금 메뉴판을 훑다가
카라멜 라떼라는 글자를 보면 생각난다.

수족냉증이 있어 늘 손이 차던 나지만
앞으로 더는 핫 팩을 살 일도 없을 줄 알았다.

벚꽃축제와 단풍놀이를
기약하는 것이 당연한 줄 알았다.

사랑한다는 말과 영원하다는 말이
언제까지나 같을 줄 알았다.

○
미
안
하
다

봤어. 너 아주 예쁜 연애를 하더라. 너는 생각보다
꽤나 다정한 사람이었구나. 너 그런 말도 할 줄 아
는 사람이었구나. 그렇게도 환한 미소를 보여줄 줄
아는 사람이었구나. 사랑하는 사람을 볼 때 그런 눈
빛이 나오는 사람이구나.

내가 널 볼 때도 그런 눈빛을 보였을까? 감정을
잘 숨기지 못하는 사람이라 아마도 네게 몇 번이고
들켰을 것 같아 너무 미안하다. 잘 숨겨서 눈치마저
도 못 채도록 조용히 여러 겹으로 덮어두었어야 하
는데 내가 거짓말을 잘 못해 자꾸만 들춰내서 미안
하다. 돌이킬 수 없는 사과를 해 미안하다.

하
늘
을
나
는
꿈

　오늘은 꿈을 꿨다. 하늘을 나는 꿈이었는데, 난 어
딘지 모를 바다에 놓여 있었다. 누군지도 모를 사람
이 내게 해안선을 따라 도움닫기를 하다가 어느 순
간 땅을 밀어내며 뛰고 나면 하늘을 날 수 있다며,
바다 위를 나는 법을 알려줬다. 나는 정말 하늘을
날았다. 통상적으로 생각하는 그런 슈퍼맨 같은 자
세보다는 다리를 붙여 쭉 펴고 허리가 이상하게 구
부러진 어정쩡한 자세였는데, 그래서인지 더 현실적
으로 와 닿았다.

　깨고 나서도 한참이고 꿈에서 헤어나오지 못 했
다. 꿈과 다른 현실이 원망스러울 정도로 하늘을 날
고 싶다는 마음이 자꾸 들어서, 어쩌면 하늘을 날
수 있는 방법이 있지 않을까? 잘만 하면 날 수도 있

지 않을까?하고 덜 깬 생각을 했다.

　하늘을 날지 않는 꿈을 꿨더라면 쓸데없이 날고
싶은 욕심 같은 것도 생기지 않았을 텐데. 집안에
쌓아놓은 초콜렛에 손도 대지 않았더라면 이렇게 몇
통이고 까먹지도 않았을 텐데. 애당초 혼자만 살아
갔더라면 사람에게 상처받는 일도 없었을 텐데. 널
만나고 또 보내지 않았더라면 그리움이랄지 공허함
이랄지 하는 것도 느끼지 않았을 텐데.

○
이
어
폰

　애플에서 출시한 에어팟이 나온 이래로 블루투스 이어폰으로 하나둘 세대교체가 이루어지는 요즘이다. 블루투스 이어폰을 쓰는 사람들은 삶의 질이 달라진다며, 아직도 유선 이어폰을 고집하는 내게 도대체 언제까지 청진기를 꽂고 다닐 거냐고 비웃기도 한다.

　그렇지만 아직 버스가 채 도착하지 않은 정류장에서, 멀찍이 떨어져 있는 네게, 혹시 노래 들어볼래, 하고 네가 꽂고 있던 한쪽을 내 귀에 꽂아주던 날도 있었다. 너무 경쾌하지도 너무 우울하지도 않은 잔잔한 어쿠스틱 기타 소리가 좋아서. 이어폰 줄 길이가 너와 내 사이를 좁히기에 적당해서. 사실은 귓구멍 모양 때문에 커널형밖에 못 쓰는 내가 억지로 귀

에 얹어두고 집에 가는 버스를 이미 몇 대 지나친
날도 있었다.

보고 싶은 사람들이 많아진다는 건 꽤나 큰일입니다. 잃고 싶지 않은 것들이 많아진다는 건 마음 아픈 일입니다. 내가 마냥 두고 갈 수 없는 이들이 한둘씩 늘어난다는 건 힘든 일입니다.

사랑하는 것들이 늘어나니 이제는 떠나기 어렵습니다. 마음 주는 곳 하나 없이 떠돌아다니려 했는데 말입니다. 정 주는 이 하나 없이 모두를 여행하려고 했는데. 상처받고 싶지 않아 차라리 외로워지기로 결심했는데.

사랑하는 사람들이 감히 자꾸만 생겨서 큰일입니다. 상처받을 내가 무섭지만 이제는 외로울 나도 무섭습니다. 내 안에 차지하는 공간이 더 커지면 커질수록 떠나고 난 뒤 느낄 외로움이 감당할 수 없을 만큼 커질 테니 지금이라도 멈춰야 할 것 같은데요.

위험한 과속을 하는 것 같은 기분이 들어 금방이라도 브레이크를 밟아야 할 텐데 자꾸 엑셀을 밟습니다. 너무 빨리 달리면 같이 타고 있는 사람들은 멀미를 할 텐데. 더 이상은 못 버티겠다며 다들 내려버리고 나면 난 또다시 혼자가 될 텐데. 북적이면 북적일수록 더 적막이 고요하게 느껴질 걸 뻔히 알면서도 자꾸만 사람들을 태웁니다.

사람들이 다 떠나고 나면 라디오라도 틀겠지만 차안에는 떠드는 이만 있고 답해주는 이는 없을 텐데요. 평소엔 의식도 않던 조수석과 뒷좌석이 이제는 괜히 비어 보일 텐데요.

2.

마음이 보는 세상

○

구
김
살

유난히 구김살이 없는 사람들이 있다. 뭘 접어도 좋을 것 같은 막 꺼낸 빳빳한 색종이 같은 사람들. 굳이 구겨질 이유도, 구길 사람도 없었던 사람들. 그런 사람들과 대화를 하면 긍정적인 기운이 마구 느껴진다. 모든 사람들이 날 사랑해줄 것 같은 무한한 따뜻함. 그러니까, 내가 갑작스레 뒤로 자빠진다고 해도 받쳐주는 넓은 쿠션이 당연하게 있을 거라는 확신이 있는 것.

그렇게 따뜻한 기운을 받고 집으로 돌아가는 길은 기분이 좋을 줄 알았는데, 도리어 그 길에는 알 수 없는 괴리감과 이유 모를 공허함 같은 게 놓여 있는 것이었다. 가끔은 그 괴리감이 내가 정말 근본적으로 못난 사람이라는 걸 증명해 주는 것 같아, 나의 구겨

짐이 곧 망가짐이라고 다가오기도 했다.

그런데 망가졌다 하기에는 어느 한구석도 찢어진 부분이 없었다. 구김살이 있는 사람들은 구겨지고 나서 이미 몇 번이고 다시 펴고 구기고를 반복한 사람들이다. 완전히 펴져 본 적이 있기에 또 다시금 구길 수 있는 사람들이었다. 돌이켜보면 우린 구겨지고 다시 펴지 않은 걸 구겨졌다고 하진 않았다. 구겨짐에 안주하는 사람들. 그건 접은 것에 가깝다.

아무것도 모른다는 듯 종이비행기를 접어 내게 꽂던 사람들이 있었다. 비행기 앞 코에 살이 짓이겨지고 나면, 그래서 상처가 움푹 파이고 나면, 그래, 구김살이 있는 사람들은 다 이런 거야. 결국은 상처받은 사람들이 상처를 줘. 그렇게 생각하던 날들도 있었다.

구겨졌을 때 다시 펴지길 바라고, 또 그렇게 폈음에도 불구하고 다시금 구겨질 수밖에 없는 사람들이 좋다. 그렇지만 더 이상 새 종이인 척 애써 다림질하지는 않았음 한다. 대신에 주름이 하나둘 새겨지고 나면 우리 이제부터는 그걸 나이테라고 부르기로 하자.

날씨가 그날의 기분을 좌우한다는 건 좀 불공평한 것 같다. 하늘이 흐리다고 감정까지 흐려지는 건 너무하잖아. 가령 내가 오늘 기차여행을 떠나는데 창밖을 내다봤을 때 구름들이 누가 봐도 비 올 것 같은 색을 띠고 내려앉아 있다든지. 그래서 부산역에 도착할 때까지 설렘보다는 혹시 비가 오진 않을까, 우산을 들고 내려야 하나 고민하고 있어야 하는 일.

그렇게 역에 도착하고 나서 짐을 들고 나간 부산역 밖의 날씨는 내 생각처럼 흐리고 구름이 많았지만 그 덕에 내가 땀을 덜 흘리면서 짐을 옮겼던 건지도 모른다. 어쩌면 꿉꿉하고 흐린 날씨를 괜히 핑계 삼아 네게 전화를 걸어서 오늘 여행 가는데 날씨가 별로라 속상해,하고 괜한 짜증을 부리면서 대화를 시작할 수 있었는지도 모른다.

짐을 다 풀고 밖에 나섰을 때 날 마중 나온 건 다름 아닌 햇빛이었다. 이러나저러나 맑은 날이 좋기는 좋구나. 별것 없는 일상에 작은 행복을 심어줄 수 있는 것도 결국은 날씨일 테니 그만 불평하기로 했다. 쨍쨍한 햇빛이 주는 신나는 기분을 도저히 무시할 수는 없어서.

○
바
다
보
고
싶
다

　난 도망치고 싶다는 말 대신 '바다 보고 싶다'라는
말을 종종 사용한다. 도망친다는 말은 비겁해 보일
수도 있으니까. 낭만을 위해 떠나는 사람같이 들리는
편이 더 좋잖아.

　도망치는 게 정말 나쁜 걸까? 그렇담 천적을 만
난 얼룩말이 도망치지 않고 맞서는 것만이 정당한 걸
까? 내가 멀리 달아났던 건 일종의 생존방식이었을
지도 모른다. 난 그때에 도망쳤기 때문에 살아남았다
고 말 할 수도 있는걸.

　이미 너무 뜨거운 길들을 맨발로 걸어와 발바닥이
다 까지고 진물이 나는데, 앞으로 더 뜨거운 바닥을
밟을 자신은 없고, 그렇다고 걸어온 길을 되돌아갈
수도 없고, 왼쪽으로도 오른쪽으로도 달아날 길이 없

을 때. 정말 도망치고 싶다는 생각이 들 때.

바다를 보러 가자. 빨갛게 달궈진 네 발을 부서지
는 파도에 담그자. 발목까지 올라오는 바닷물을 첨
벙이러, 바다가 그려놓은 해안선 자국을 따라 걸으
러 가자. 노을이 지고 해가 조금씩 바닷물 속으로 숨
으면 우리도 그냥 그렇게 숨어버리기로 하자. 조명
없는 밤바다에서는 우릴 아무도 찾지 못 할 거야. 그
래. 우리 바다를 보러 가자.

○

손
목

흔히들 사람과 사람 간의 관계를 손을 잡고 있는 모습으로 묘사하고는 한다. 내가 손을 놓으면 끝나는 관계라는 말도 여기서 나온 걸 테다. 그 말을 일상 속에서 자주 듣는 건 일방적으로 매달리는 상황은 관계에서 빈번히 발생하기 때문일 거다. 아니 어쩌면 동등한 관계를 유지하는 편이 훨씬 더 어려운 걸지도 모르겠다.

어렴풋이 알고는 있지만, 그럼에도 불구하고 잃고 싶지 않았다. 난 사람을 잃는 게 두려웠다. 이미 잃은 사람들이 두려웠다. 내 모든 관계를 정의하자면 결국 두려움이었을 것이다.

난 사람들의 손목을 잡고 있었다. 그래서 그들이 이미 나를 놓아버렸다 해도 혼자 일방적으로 계속 끌고 가고 있었는지도 모른다.

　이제는 잡을 수 있는 악력이 바닥났다. 학교 체력 측정 시간에 낮은 수치가 나왔을 때 손아귀 힘을 좀 길러둘 걸 그랬다. 더 이상은 무리다. 나도 컵을 들고 커피를 마실 힘 정도는 남겨둬야 할 것 같아서.

　그래서 그냥 놓아주려 한다. 내가 당신의 손목을 놓고 나면 당신은 불그스름한 손자국이 남아있을 것이다. 내가 남길 수 있는 건 고작 그런 허전함밖에 없을 테다. 그걸 허전하다고 느끼는 것도 결국 당신의 몫이겠지만. 나는 최선을 다했다.

　나중에 살아가다 어디서 생긴 지도 모를 자국이 당신 손목에 남아있다면 그제야 날 기억해 주지 않을까 싶다. 내가 당신을 위해서 이렇게 노력했다고. 당신에게는 언제 놓았는지도 몰랐을 관계에, 난 물어뜯은 손톱까지 써 가며 악착같이 버텨냈다고.

○

목
련

　사람들은 다 벚꽃에만 관심이 있다. 벚꽃 축제라
느니 벚꽃 놀이라느니 하며 봄을 기다리는 큰 이유
중에 하나로 벚꽃을 삼는다.

　물론 나도 그렇지 않다고 할 수는 없다. 매년 벚
꽃이 피면 한쪽 귀에 꽃가지를 꽂고 사진을 찍는 게
연례행사가 되었으니까. 분홍색을 좋아하는 내게 벚
꽃 축제는 퍽 기다려지고 행복한 일일 수밖에 없다.

　봄에는 벚꽃과 함께 목련이 핀다. 목련은 초승달
을 닮았다. 그렇지만 아무도 목련을 위해 봄을 기다
리지는 않는다. 목련 축제 같은 것도 흔치 않다. 벚
꽃은 꽃잎이 다 떨어져도 눈이 쌓인 것처럼 예쁘지
만, 목련은 밟으면 처량하게도 갈색의 발자국이 남
는다. 그렇게 짓이겨진 목련 꽃잎은 사람들이 걷다

가도 피해가기 일쑤다. 목련은 외롭다.

피는 것도, 핀 이후도, 지고 나서도 환영받지 못
하는 목련을 기억해 주는 건 결국 달뿐이라서. 하현
달은 목련과 닮았다. 우리를 기억해 주는 건 달밖에
없다. 내가 새벽에 흘렸던 눈물을 기억해 주는 것도
달 뿐이라서. 펑펑 울어 아무도 보지 않았으면 하는
날에는 달도 눈치껏 숨어주더라. 달과 내 사이에는
퍽 비밀이 많다.

한 해가 돌고 다시금 봄이 오면 그때에는 목련을
기억하기로 한다. 오늘 밤에 뜬 초승달도 여전히 널
기억하는 중이라 그런가 보다. 네 탐스러운 꽃잎을
귀에 꽂진 못 하겠지만. 우리 그때에는 달과 너와
나, 셋이 밤을 보내기로 하자. 비밀스러운 이야기도
나눠보기로 하자.

○
필
름

카
메
라

　아는 오빠의 꼬임에 속아 필름 카메라를 샀다. 원
래 전부터 색감이 예뻐서 관심은 있었지만, 찍을 때
마다 필름을 사야 되는 것도 싫었고, 내가 어떻게
찍었는지 궁금해도 직접 가서 현상한 후 받아보기
전까지 확인해 볼 수 없다는 게 답답해서 미뤄두고
만 있었다.

　근데 오빠가 쓰는 카메라가 2만 원대를 웃도는 가
격에, 결과물이 생각보다 너무 예뻐서, 그런 귀찮고
비싼 부분들을 다 무시하고는 홀린듯이 사버린 것이
다.

　필름 카메라는 막 찍어도 되는 디지털 카메라와는
다르게 한 롤 당 36장이 전부다. 그렇기에 정말 예
쁜 순간에 셔터를 딱 한 번 눌러야 한다. 비싼 필름

을 낭비할 수는 없으니까. 내가 언젠가 가게 될 장소가 말도 안 되게 예뻐서 셔터를 안 누르고는 못 배길 수도 있으니, 항상 필름 카메라를 들고 다녀야 한다. 핸드폰과 지갑처럼 항상 들고 다녀야 하는 짐이 하나 늘었다.

그렇지만 기록이라는 건 정말 낭만적이지 않은가. 내가 오늘 너와 나눈 대화의 일부분을, 그 공간에 스며있는 공기를, 밟았던 땅의 질감을 조금이나마 남겨둘 수 있다는 것이. 내가 오늘을 잊고 네가 오늘을 지워도 기억해 줄 수 있는 다른 이가 있다는 것이.

여전히 매번 필름을 사서 갈아 끼워야 한다는 것과 바로바로 확인하지 못 하는 점은 불편하다. 그렇지만 필름 카메라로 사진을 찍으면, 찍는다기보다 그날의 추억을 한 장 한 장 모아둔다는 느낌을 준다. 그렇게 추억이 모이면 한 롤의 필름이 된다. 아직 현상소에 가지는 않았지만 이미 좋은 사진일 거라는 강한 확신이 든다.

하
늘

정말 좋아하고 편한 친구들도 각자의 삶을 살다
보면 결국 서로에게 소홀해질 수밖에 없다. 애써 시
간을 내서 자주 보기에는 서로에게 부담이 된다는
걸 알기에, 그냥 그렇게 묵묵히 스스로의 일상에 집
중하며 살아간다.

그렇지만 가끔은 정말 외로워질 때가 있다. 새삼
스럽게 그때가 그립기도 하고, 너는 잘 지내고 있을
까, 그렇게 전화를 걸고 나면 오랜만에 나누는 대화
에 전에는 없었던 정적이 생기고는 한다. 그 어색한
공백에 우리 참 바쁘게도 살았구나 싶어 씁쓸하기
도, 한편으로는 서운하기도 하다.

그러면 하늘을 본다. 우린 어쨌거나 늘 같은 하늘
을 공유하고 있으니까. 노을이 여느 날보다 예쁘게

지는 건 더 이상 할 말이 떨어질 때에 하늘을 핑계 삼아 함께 이야기를 나누라며 보여주는 하늘의 넓은 아량일지도 모른다.

함께 보진 않았지만 함께 본 하늘을 기억한다. 바쁜 일상을 살아가다가 보면 언젠가는 또 오늘을 추억하며 나누는 날이 오겠지. 이제는 자주 보지 못하면서 살지만 그래도 여전히 같은 하늘 아래 살아가고 있으니 함께인 셈으로 치자고, 그런 실없는 소리를 해 본다.

노을이 다 지고 이미 밤하늘이 된 저녁이다. 구름이 떠 있는 밤은 정말 오묘하고 예쁘지만 정작 카메라에는 잘 담기지 않는다. 어쩌면 그런 하늘이야말로 직접 육안으로 바라본 사람들에게만 주는 선물일지도 모른다.

정말이지 어쩔 수 없다. 전화를 끊기에는 이런 멋진 하늘을 숨길 수는 없어서. 혹시 너희 동네도 구름이 떠 있니. 곧 비가 오려나 보아. 하늘 이야기를 하다 결국 우린 몇 번이고 재탕했던 옛날 추억 이야기를 하며 또 밤을 샌다. 백 번도 넘게 들었지만 여전히 재밌다. 전화를 하다가 비가 오길 바란다. 그럼 오늘 우리 함께 비를 맞은 셈 칠 수도 있지 않을까.

나는
나의 행성 속에 산다.

사람들은
내 행성에 방문하기도

때로는
머무르기도 하지만

이내 모두 떠난다.

손님들은 결국
돌아가야 할 곳이 있기 때문이다.

나는 원래
외로운 행성이라
괜찮다.

떠날 줄 알고
맞이하기에 괜찮다.

○
당
근
과
채
찍

채찍질하는 것도 좋지만 널 너무 많이 때리다 보면 힘을 잃어서 그 자리에 영영 주저앉게 될 수도 있어.

욕심이 많은 사람이었다. 이룬 것에 대해 당근을 쥐여줄 줄 모르고, 어딘가에 달성하면 그다음 단계를 바라보는 것 말고는 할 줄 아는 게 없는 사람이었다.

끊임없이 채찍질하면 더 빠르게 달릴 줄 알았지만 결국엔 다리가 부러질 뻔했다. 같은 다리를 계속 채찍으로 쳐서 한 방향으로 자꾸만 다리가 휜 탓이다. 내 원동력은 나를 갉아서 만드는 것이었는데 그걸 몰랐다. 휘청거리는 다리를 애써 붙잡고 붕대를 감을 때 그제야 알았다.

상담사는 나보고 왜 그렇게 본인에게 수련회 교관 마냥 구느냐고 했다. 다른 사람에겐 어떻게든 좋고 탐스러운 당근을 주려고 하면서, 본인한텐 왜 어린 당근 하나 준 적 없냐고. 다른 사람한테는 그렇게 예의를 갖추려고 노력하면서, 왜 스스로에게 예의가 없냐고. 다른 사람들보다도 훨씬 더 평생을 함께 지내야 할 사람이면서.

거울을 보면서 이야기했다. 부끄럽지만 너에게 참 미안하다고. 그동안 채찍질을 빙자한 난도질로 생긴 많은 흉터들에 연고를 발라 본다. 새살이 돋고 나면 당근 한 조각 쥐여주어야겠다. 아삭 소리를 내며 당근을 씹는 내 입 모양부터 사랑해 주어야지.

여
행
후
유
증

여행을 갔다 온 소감이 어떠냐는 나의 물음에, 너는 공허하다고 했다. 여행을 다녀와서 혼자 집에 들어가고 나면 남는 후유증 같은 게 있다고. 많은 사람들과 가지 않아도, 아주 대단하고 화려한 경험을 한 게 아니더라도 그런 감정은 늘 남아 며칠이고 일상에 복귀하기를 싫어지게 만든다.

어쩌면 그런 후유증이 이내 곧 그리움이 되는 건지도 모르겠다. 그래서 일상에 익숙해져 다시금 평범하고 정적인 생활 속에 있다가도 문득 도망치고 싶어질 때가 오면, 그때에 사진첩 한 번 꺼내 구경하면서 추억할 만한 도피처가 되어 주는 듯하다.

행복할 일 없는 일상에 변화구를 던져주는 건 결국 그런 여행일지도 모른다. 여행은 정말 떠나고 돌아오는 것만으로 그치는 것은 아닐 테다. 우리는 여행을 준비하려 이것저것 알아보며 기대하는 기간부터, 여행에 다녀오고 사진을 보면서 그때 보았고 먹었고 느꼈던 모든 것들을 기억하는 시간까지 행복할 거다.

시끄러운 소리가 나서 문득 하늘을 쳐다봤을 때 비행기가 지나가고 나면 어디론가 떠나고 싶다, 하고 울적하면서도 추억들이 하나둘 희미해져서 이제는 나아갈 힘이 되어줄 수 없을 때. 우리 다시 새로운 여행을 계획한다면, 그래서 삶을 여행의 연속으로 그려본다면, 어쩌면 우린 계속 행복할 수 있을지도 모른다.

커
피
와

케
이
크

나는 행복해질 때마다 불행할 생각을 해. 그래야 중용을 지킬 수 있거든. 어쩌면 행복이라는 건 불행을 극대화시키기 위한 수단이 아닐까? 행복을 맛봤기 때문에 불행한 게 더 진하게 느껴질 거 아냐. 차라리 행복해본 적도 없었다면 불행이 그렇게 크게 다가오지도 않았을 텐데.

그렇게 행복을 불안해하는 친구가 있었다. 행복 자체에 집중하지 못 하고, 곧 다가올 불행을 무서워하기만 하는. 그래서 행복도 불행도 둘 다 반갑지 않은.

아메리카노를 마시고 초코케이크를 먹으면 케이크 맛이 더 달게 느껴지잖아. 그런 게 아닐까. 어차피 불행도 행복도 같이 올 수밖에 없는 거라면 행복을 더 소중하게 느끼기 위해 불행이 존재하는 게 아닐까 하고 생각해 주면 안 될까. 처음부터 끝까지 행복하기만 하다면 우리는 그걸 행복이라고 느끼지 못했을 거야. 사람은 원래 익숙한 것에 잘 속아 무뎌지기 쉬우니까. 있다가도 없어지기 때문에 그걸 간절히 행복이라고 느끼는 걸 거야.

계속 케이크만 먹는다면 입이 너무 달아서 금방 물릴걸. 적당히 커피도 좀 마셔주고 그래야지. 그러니까 네가 지금 바닥을 치고 있는 중이라면, 그래서 언제까지나 불행할 것만 같다면. 더 달콤한 행복을 위해서 잠시 충전하는 중이라고 생각해 보자고.

그러면 우리 불행이 찾아오더라도 반갑게 맞이해 줄 수 있을지도 몰라. 적어도 곧 다가올 행복을 기대할 수는 있게 해줄 테니 말이야.

가엾은 마음을
담아두었다.

이내 너덜너덜해져 버렸다.

부서진 것들을
손으로 모아
꾹꾹 눌러 굳힌다.

다시금
시작해보러 해도
파사삭하고
모래알마냥 흩어진다.

물 몇 방울만
섞으면
좀 굳을 수 있을 것 같은데

떨어뜨려 줄 이가
아무도 없다.

○

추억

가끔의 추억은 너무 행복해서 머릿속에서 완전히 지워버린 후 다시 느낄 수 있다면 좋겠다는 생각이 든다. 혹은 정말 좋아하게 된 영화 같은 거.

내게는 태어나서 맨 처음 먹어본 미디움 레어 스테이크가 그랬다. 엄청난 맛을 6살의 내가 가진 부족한 어휘력으로는 완전히 표현이 안 되어서, 결국 '엄마 고기가 입에 들어가자마자 녹아.'라고 말을 정리했던 기억이 있다. 그 뒤로 그 '입에 녹는 고기'를 찾기 위해서 엄마는 깨나 고생을 했다.

혹은 '라라랜드'가 그랬다. 너무 좋아하는 영화인데, 처음 볼 때의 신선함과 설렘은 앞으로 영원히 느끼지 못 할 테니까. 그 기분을 다시금 느끼고 싶어서 누군가 이 영화에 대한 기억을 완전히 지워버릴 수 있게 최면을 걸어주었으면 좋겠다고 생각했다.

그렇지만 또 곱씹을 때의 매력이 있을 것이다. 다시 찾은 그때 그 스테이크의 반가운 맛이 있다. 그때 내가 뱉었던 말처럼 글자 그대로 정말 입속에서 녹지는 않았지만, 그만큼 부드럽고 맛있었다. 몇 번이고 돌려본 라라랜드는 볼 때마다 새로운 게 보인다. 언제는 붉고 푸른 색감의 대비가 보였고, 한번은 배우의 표정과 감정선이 보였다. 음악을 듣는 것에 무게를 두고 감상한 적도 있었다. 그렇게 여러 번 본 경험을 차곡차곡 쌓으면서 내 안에서 나만의 라라랜드라는 영화를 만들어간다.

처음 마주하는 건 그 만남 자체에 의미가 있는 것이고, 다시 보면 또다시 만나는 재미가 있는 것이다. 추억은 그저 마주치고 만들어지는 과정에만 가치 있는 건 아닐 테다. 수많은 기억과 경험들 중 굳이 곱씹어 보았기에 그걸 추억이라고 느낄 수 있는 걸 테니까.

여
행

　소소한 나들이를 여행이라고 부르는 걸 좋아한다.
이유 없이 밖에 나가 실컷 가고 싶은 전시회를 몇
개씩 가보고, 혼자서 지하철을 타고 인천에 가서 청
승맞게 밤바다를 보고 오고.

　그냥 집 앞에 나서는 것도, 가보고 싶었던 맛집을
가보는 것도 여행이라고 할 수 있지 않을까. 길 가
다 마주친 포스터에 예정 없던 발걸음을 옮겨보는
것도 여행이지 않을까. 고작 서울에서 서울로 움직
인다고 해도.

　친구 중 하나는 요즘 따릉이에 빠졌다. 한 시간을
대여하고 가보지 않은 길로 가는 걸 탐험이라고 부
른다고 했다. 더 이상 길을 잃어도 지치거나 우울하
지 않다고 했다. 나는 오늘 새로운 길을 가볼 운명

이었구나,하고 다가온 여행을 맞이해 준다고 한다. 가다가 예쁜 길이 있으면 잠시 내려서, 책가방에 넣어둔 검은색 볼펜이랑 메모장을 꺼내고 눈앞에 놓인 풍경을 한 장씩 그려 넣은 게 벌써 한 권이 되어가는 중이라고 했다.

내일은 또 새로운 여행을 간다. 아직 목적지도, 몇 시에 떠날지도, 가서 무엇을 할지도 정하지는 않았지만, 지하철을 타다가 내리고 싶은 역에 내려서 왠지 마음이 가는 출구로 나와 보기로 했다. 날씨가 좋기를 기도하면서 설레는 마음으로 잠에 든다.

파
고
들
다

그림은 그냥 그림으로 보면 된다. 그걸 굳이 까뒤
집고 물감을 다 헤쳐서 스케치와 캔버스까지 보려고
하는 사람들이 있다. 덮으려고 하는 부분에 대해서
그만 들춰보려고 했음 좋겠다. 내가 최종 완성본만
보여주는 건 다 이유가 있을 것이다.

사람이라면 보여주지 않고 싶은 부분들이 있다.
언젠간 우리가 좀 더 가까워진다면 내가 그림을 그
리는 과정은 이러이러해. 하고 널 옆에 앉혀서 보여
줄 수도 있겠지. 그러나 그건 그때의 일이고 지금은
전혀 그럴 생각이 없는데도 당신은 계속해서 나를
파고들어 보려 한다.

궁금할 수도 있다. 나 역시도 애정을 쏟는 사람일
수록 그 사람의 모든 걸 알아야 하던 때가 있었다.

그래야 그 사람을 파악하고 이해할 수 있을 거라고 생각했다. 그렇지만 우리의 관계 속에서 필요한 말이라면 언젠간 그의 입에서 나올 것이고, 굳이 이야기하지 않는다면 내가 들을 필요가 없는 말이었더라.

힘 빼고 그냥 차분히 기다려줬음 한다. 알려주지 않는 부분이라면 그냥 모르고 넘어가 주었음 한다. 세상엔 경험과 걱정이라는 포장으로 오지랖을 피우는 사람들이 너무 많다. 그럴수록 난 내 그림을 코팅하고 액자에 담아 걸어둔 뒤 선을 긋고 여기서부턴 더 다가오시면 안 돼요. 하고 점점 더 거리를 두게 될 텐데.

○

후
회

　그때 그렇게 말하지 말걸. 좀만 더 귀 기울여 듣고
네 이야기를 들어줄걸. 내 고집만 피우지 말걸. 정
신 좀 차리고 똑바로 행동할걸. 멈춰야 했을 때 알
아서 멈추고, 가야 할 때 좀 가 놓을걸.

　지난날을 후회하는 건 정말이지 날 아프게 한다.
내가 잘못했다는 걸 뼈저리게 알면서도 절대로 돌이
킬 수는 없고, 그럼에도 내가 실수를 했다는 사실은
명백하기 때문이다. 더 이상 내가 할 수 있는 일은
없지만, 그때에 내가 했어야만 하는 일들은 충분히
있었기 때문이다.

　너 후회를 했다는 건 후회하기 전보다 더 나은 사
람이 되었다는 거네. 지금 후회를 아프게 하는 걸
보니 아마 넌 정말 대단한 사람이 될 건가 봐.

아무런 후회도 없는 사람보다 훨씬 대단한 거라고, 친구는 내게 위로를 했다.

내 감정을 잠시 잊을 수 있게 해주기 위해서 한 뜬구름 잡는 위로였을 수도 있다. 어쩌면 내가 실수를 해 놓고도 난 더 나은 사람이 되었으니 괜찮아,하고 안일한 생각을 하는 것도 실수가 될지도 모른다. 그렇지만 어쨌거나 오늘의 네 위로는 내게 큰 포옹으로 다가왔다.

누군가 그랬다. 죽기 바로 직전까지의 고통은 어떻게든 네게 학습이 되고 교육이 될 거라고. 힘겹게 후회의 턱을 넘어내고 나면 오늘도 내게 배울 점이 되겠지. 그래. 차라리 그렇게라도 생각하자. 씁쓸한 고통이었겠지만 한 줄 가슴속에 새길 말을 배우기 위한 과정 중 일부였다고. 그렇게 내 인생을 구축하고 완성해 가는 중인 거라고.

세게 한 딸꾹질은
심장을 아프게 만든다.

늘 너는 갑작스럽게 온다.
숨을 참고
네가 지나가기만을 기다린다.

다 지나갔다 생각하고
숨을 내뱉으면
또 딸꾹, 하고
심장 아픈 통증을 낸다.

이번엔
좀 늦게 참아봐야지, 하고
기다리다 보면

숨을 참기도 전에
또 딸꾹질을 한다.

제발 좀 지나가라.
간신히 널 보내고 나서
뱉는 기침에 너는 또 돌아온다.
참으로 끈질기다.

○
혼
밥

　혼자 밥을 먹고, 혼자 영화를 보고, 혼자 노래방
에 가는 것들을 좋아한다. 남들은 왜 그렇게 청승맞
게 사냐고, 혹은 친구가 없어서 혼자 노는 걸 그렇
게 핑계 대는 것 아니냐고 비아냥거리기도 하지만,
나는 정말이지 혼자 하는 걸 좋아한다.

　물론 사람을 만나는 걸 싫어하는 건 아니지만, 때
때로 사람을 만나는 일이 정말 글자 그대로 '일'처
럼 느껴질 때가 있다. 누군가를 만나면 혼자 있을
때보다 많은 에너지를 남에게 쏟아야 하니까. 표정
과 말투를 살피고, 불편하지 않은지 눈치를 보고 내
옷매무새가 괜찮은지, 화장이 지워지진 않았는지.
　사람들은 불편한 사람과 같이 있으니까 그런 것
아니냐며, 정말 편한 사람과 있으면 괜찮지 않느냐

114

고 했지만, 정도가 다를 뿐이지 사람이 본질적으로 남에게 지켜야 하는 예의가 있고 난 가끔 그 예의에 대한 에너지 자체가 버거울 때가 있는 것이다.

혼자 있는 시간이 길면 그 또한 외롭겠지만 어쨌든 그 시간 동안은 온전히 나 자신에게 집중할 수 있다. 그게 좋아 종종 혼자 다닌다. 이를테면, 혼자 영화를 보면 영화를 보는 내 모습을 신경 쓰지 않아도 된다. 서로의 취향에 맞는 영화를 고르려 별로 내키지 않는 영화를 선택하지 않아도 된다. 오늘 보고 싶은 영화를 나와 상대의 스케줄 때문에 굳이 미루지 않아도 된다. 영화를 보는 내내 어떤 표정을 지어도, 남들이 보면 놀릴 만큼 그다지 슬프지도 않은 장면에 부끄러울 정도로 펑펑 울어도 된다.

우린 태어날 때부터 사람들 속에서 태어났기 때문에 어떻게 해도 외로움을 모르고 살 수 없고, 결국은 사람들 속에 살아가야 하는 것이 또 사람이라지만, 그럼에도 난 혼자 있는 시간이 귀하고 소중하다. 사람들 사이에 치이고 지칠 때 온전히 나에게 전부를 쏟을 수 있는 시간이라. 오늘 밤에는 혼자 심야 영화를 보러 가야겠다.

○
수
능

바빠서 얼굴 보기는커녕 연락조차 잘 되지 않는
친구를 어떻게든 불러내 같이 밥을 먹었다. 몇 번이
고 약속이 취소될 뻔했지만, 결국은 늦은 저녁이라
도 먹기로 했다. 밥을 먹고 난 뒤 친구는 슬슬 출발
해 독서실로 들어가야 한다고 했다. 수능이 백 일도
채 남지 않은 상황에 친구를 붙잡아 두는 게 옳은
일은 당연히 아니겠지만, 당분간 친구를 못 볼 생각
을 하니 괜한 이기심을 부리고파 조금만 더 같이 있
자고 했다.

소나기가 온 뒤여서 벤치와 잔디밭은 조금 축축
했지만 그 덕에 덥진 않았다. 우리는 여름과 가을의
경계에서 작은 담소를 나눴다. 힘든 건 없니. 다들
똑같지 뭐. 대학이 뭐라고 이렇게까지. 모두들 저마

다 갖고 있는 입시에 대한 불만들을 토로하지만 결국은 순응하며 따라간다. 어리둥절하지만 그것이 꼭 그들의 잘못은 아닌 것 같다는 생각이 든다.

제대로 공부를 하는 것도 아니면서 그렇다고 쉬지도 못 해. 불안해서. 잠도 제대로 못 자. 새벽은 무섭고 아침엔 깨야 되더라고. 피곤한 목소리로 읊조리다가 핸드폰 시간을 체크하고는 이제 정말 들어가 봐야 해. 독서실 들어가는 시간이 부모님께 문자로 가거든. 친구는 익숙한 듯 독서실로 다시 들어갔다. 제일 하고 싶은 게 뭐야? 쿠키 굽고 싶다. 지금하면 되잖아. 수능 끝나고 해야지. 친구의 뒷모습을 계속 쳐다봤다. 자그마한 체구에 비해 가방이 너무 크고 무거워 등이 굽었다. 네 어깨가 언제부터 그렇게 구부러졌더라. 어깨도 등도 온전히 너의 것이 있기는 한 걸까.

특별한 사람이 되고 싶었지만
이제는 평범한 삶을 갖기 위해
죽어라 노력한다.

카페인과 타우린을
입에 붓는 것은 일상이 됐고
얼마나 밤을 샜는지가 자랑이 됐다.

꿈이라는 단어가
실없는 낭만처럼
다가오는 요즘이다.

우린 얼마나 노력해야
중간이라도 갈 수 있는 걸까.

악몽

　악몽만큼 잔인한 벌도 없다 싶다. 이리저리 치이고 속상한 날을 보낸 네가 잠이라도 편하게 잤음 했는데, 하필 오늘 또 꾼 꿈이 악몽이라니.

　회복이 아닌 또 다른 소진을 하고 일어났을 때 넌 얼마나 원망스러웠을까. 식은땀을 닦고 현실로 완전히 깨어나고 나면 아, 꿈이었구나, 했지만 깨어난 현실도 여전히 악몽이어서. 꿈속에서 꿈인 걸 알고 나면 마음대로 행동할 수 있다던데, 현실에서는 현실인 걸 알아도 마음대로 행동할 수 있는 게 아무것도 없네. 차라리 내가 깨어난 곳도 여전히 꿈이었으면 좋았을 걸 싶었다 했다.

　악몽을 왜 꾸는지 사람들은 완벽히 알아내지 못했지만, 아마 네 몸이 두려움을 극복해내는 중일 거라고, 그렇게 얘기하는 사람들이 있더라. 네가 어제 맞닥뜨린 어둠이 너무 깊어서, 네 손을 아무리 허우적대도 보이지가 않을 정도로 깊어서, 열심히 밝히는 중인 걸지도 몰라. 너 참 애쓰고 있구나. 나아지고 있구나. 그냥 그렇게 너를 향해서 다독여 주자. 따뜻한 햇살이 네 안에도 곧 들어오기를.

한
강

서울의 크나큰 단점 중 하나는 바다가 없다는 것
이다. 그러니까, 들어오고 나가는 바닷물을 바라보
면서 감성에 젖을 만한 공간이 없다는 거다. 이가
없으면 잇몸이라고, 사람들은 다들 한강으로 향한
다. 파라솔을 꽂고 모래성을 만드는 대신 돗자리를
펴고 배달음식을 먹는다. 뭐 이것도 서울 나름의 낭
만 아닌 낭만인 셈이다.

한강공원의 강물을 보고는 친구는 '우와 바다다'
하고 외쳤다. 나를 포함한 다른 친구들은 친구를 비
웃었다. 바보야. 여긴 바다가 아니라 강이야. 서울
에 바다가 어디 있어.

서울에서는 잘 볼 수 없는 미세먼지 없고 솜사탕
같은 구름만 있던 하늘에, 노을은 타오르는 마냥 붉

게 뉘엿뉘엿 지고, 내려앉던 태양이 비로소 강물과 맞닿았을 때. 우린 여느 바다 부럽지 않은 한강을 보았다. 친구가 말한 바다는 이런 의미였을까.

바다면 어떻고, 강이면 또 어떠냐. 까만 밤하늘로 조명이 바뀌고 달빛이 은은하게 비치면 강물이든 바닷물이든 어차피 깜깜할 텐데.

돗자리 위에서 핸드폰 플래시에 물병 하나 얹어 놓고 속 깊은 이야기나 하자. 아마 오늘은 숨겨뒀던 비밀을 서로 하나씩 꺼내는 날이 될 것 같다. 술을 먹진 못 해도 강물의 분위기에 취하고 나면 충분히 솔직한 이야기가 나오더라. 펑펑 울어도 강물 소리와 길거리 연주 소리에 섞일 테니 괜찮을 거야.

○

푹
잠
에
들
길
바
라
요

　푹 잠에 들길 바라요. 잠들기 전 아는 오빠가 내게
해준 인사말이다. 나는 말했다. 그건 제가 제일 못
하는 것 중 하나예요.
　잠에서 자주 깨는 버릇이 있다. 보통 한두 시간 간
격으로 깬다. 이유는 잘 모른다. 확실한 건 아주 피
곤한 날에도, 억지로 잠에 들어본 날에도 늘 그렇다
는 것이다.

　하루 만족도에 따라 그날 푹 잘 수 있는지가 정해
진대요. 생각해 보니 나는 만족스러운 하루를 보내
본 적이 없었다. 모든 날은 실수의 연속이었고 나는
늘 완벽하지 못한 하루를 보냈다. 그리고는 자책하
기를 반복했다.

만족이라는 건 생각하기 나름이에요. 어떤 우여곡절이 있었든 어쨌든 오늘을 살아내었잖아요. 그 정도면 충분히 잘했어요. 스스로한테 좀 푹 자게 해 줘요.

만족스러운 하루를 만드는 게 너무 어려워서, 차라리 그냥 내가 일궈낸 하루에 만족해 보기로 했다. 그래. 이만하면 고생 많이 했어. 푹 잠에 들어도 될 만큼.

○
음
식

　사람과 대화를 이어가려고 노력하다 보면 이런저런 질문들을 하게 되는데, 그중 내가 필수적으로 하는 질문 중 하나는 좋아하는 음식이 뭐예요? 다. 좋아하는 음식이 같으면 괜한 친밀감이 느껴지기도 하고, 그 음식을 잘하는 음식점을 알고 있으니 같이 가 보자며 자연스럽게 다음 약속을 잡기도 좋기 때문이다.

　내가 좋아하는 음식은 때에 따라 바뀐다. 다이어트를 할 때 좋아하는 음식(사실은 내가 먹을 수 있는 음식 중 그나마 가장 나은 것에 가깝다)이라고 하는 것들은 샐러드 파스타나 리코타치즈 샐러드 같은 거고, 느끼한 걸 한창 좋아할 때는 특정 브랜드의 달콤한 맛이 나는 치킨을 좋아했고, 요새는 마라탕에 푹 빠져서 마라탕을 좋아한다. 마라탕에 들어 있는 건두부와 청경채, 숙주 그리고 토핑으로 올라 가는 양고기의 조화가 좋다.

그런데 예상외의 문제는 사람들이 생각보다 본인 이 무슨 음식을 좋아하는지 잘 모르고 있다는 거였 다. 그냥 아무거나 잘 먹어요. 딱히 좋아하는 음식 은 없어요. 알레르기 없으면 다 먹는 것 같아요.

우리는 우리가 뭘 좋아하는지, 뭘 하면 행복한지 찾기엔 당장 앞에 놓인 걸 해치우는 것만 해도 벅차 서, 나한테 집중할 여유 같은 건 없는 세상 속에 살 아가고 있는가 보다. 혹은 그런 시간이 아주 무의미 하다고 생각해 미뤄두고 있는가 보다.

나를 사랑하는 게 제일 중요하다고 세상은 소리 치지만, 정작 그 방법이 뭔지 제대로 알려주는 이는 없다. 그렇지만 우리 적어도 내가 무슨 음식을 좋아 하는지 정도는 고민해 볼 수도 있지 않을까. 그렇게 나한테 집중하는 시간을 늘려가다 보면, 언젠간 정 말로 나를 사랑하는 방법에 도달할 수도 있지 않을 까.

우울을 옮기는 것

내 우울이 다른 사람에게 옮을까 겁나. 내가 다른 사람의 체력까지 앗아가는 사람이 될까 봐 겁나. 다른 사람의 새벽까지 물들이는 사람이 될까 봐 겁나.

나는 당신에게 차마 괜찮다고 말하지 못 했다. 그건 진짜가 아니니까. 우리는 이제 암묵적으로 모두 알고 있다. 괜찮다는 말은 나보다는 상대를 위한 말이라는 걸. 정말로 괜찮은 사람보다는, 다른 사람이 나를 괜찮다고 생각해 주길 바라기에, 괜찮다고 뱉는 사람이 더 많다는 걸. 남의 아픈 이야기를 들어주는 건 참 고마운 일이지만 그만큼 지치는 일이기도 하다. 매일매일 누군가의 아픔을 만져줄 만큼 난 위인이 못 된다.

그래서 그런 건 걱정하지 말아-라는 말 대신에, 그럼 내가 마음에 여유가 있는 날만 네 이야기를 들으러 올게,하고 말했다. 그럼 네가 덜 부담을 느끼지 않을까. 나도 네 이야기를 듣고 싶은 날 들을 수 있다면 좀 더 좋은 상태에서 네 아픔을 이해해보려고 하지 않을까 해서.

너무 이기적이라 미안하다는 당신에게, 어쩌면 너의 아픔을 들으면서 내가 여러 가지 생각에 빠져볼 수도 있으니, 내가 너를 이용하고 있는 거라고 생각한다면, 우리 서로에게 이기적인 거니 그냥 퉁치는 셈 치자고 했다. 네 이야기를 듣고 또 다른 이에게 위로가 될 만한 말을 그 속에서 찾아낸다면, 넌 네게 보석함 속 예쁜 사파이어 하나를 꺼내준 것과 같은 거지. 너에게만 받아 갈 수 있는 보석이니 사파이어 따위로 비유할 수도 없겠네.

그러니까 너무 애쓰지 않아도 된다고. 치료를 할 줄 아는 의사는 아니다마는 같이 우울에 풍덩 빠져줄 수 있는 동료 환자 정도는 되어줄 수 있으니.

○

고
장
난

밥을 거르는 게 습관이 됐어. 잠을 아예 못 자거나 하루 종일 잠만 자거나. 요즘은 통 그렇게 사는 것 같아. 바빠도 여유로워도 행복하지가 않네. 그냥 일어나고 밥을 먹고 청소를 하는 일상도 힘에 부치더라. 숨이 종종 가쁘다.

한창 몸을 상하는 것들을 잔뜩 하며 방황하고 있을 때 누군가 나한테 그런 말을 해줬었다. 꼭 칼로 손목에 몇 줄을 긋는 것만 자해가 아니라고. 너의 인생을 포기하고 널 상하게 내버려 두는 것 자체도 자해인 거라고.

나는 너한테 같은 이야기를 해줬다. 너는 꽤나 충격을 받은 것 같았다. 자해라는 단어는 너무 무겁다. 내 입으로 뱉은 지금 이 순간에도 강렬했어.

고장 난 일상을 살아가던 너는 이제는 숨이 가빠질 때면 어떻게 숨을 쉬어야 하는지도, 사소하지만 기대되는 일을 만들어 삶을 좀 더 활기차게 살아가는 법도 안다. 웬만해서는 밥도 잘 챙겨 먹으려고 어떻게든 노력을 하더라. 아침에 일어나면 이불을 개는 걸로 하루를 시작하는 버릇도 들였다고 한다. 그렇게 의식적으로 고쳐보려 하면 무언가 달라지는 건 있을 거야.

아프지 마라. 너 제발 힘들지 마라. 도대체 무엇이 널 누르고 있어 그걸 너로 하여금 숨조차도 제대로 쉬지 못 하게 하는 건지는 모르겠지만, 그렇게 널 힘들게 하는 것들에 대해 적어도 꿋꿋이 삼키고만 있지는 마라. 혼자 삼킨 눈물들이 속 안에 쌓여서 널 상하게 만들고 있는 걸지도 모르니까. 일상을 잃어버릴 정도로 너 아프지 마라. 부디 힘들지 마라.

○

소
소
한

사
치

　기분이 정말 좋지 않은 날엔 가끔 나를 위한 소소
한 사치를 부려본다. 지하철역을 지나가다 발견한
반짝거리고 화려한 귀걸이를 하나 산다든지, 평소에
마시는 제일 싼 아메리카노 말고 비싸고 고급스러운
원두로 추출한 커피를 마신다든지. 그러다 조금 더
사치를 부려보자면 호화롭고 예쁜 브런치 카페에 가
서 포크와 나이프로 혼자 런치 세트를 먹는다든지,
지하철로 갈 수 있는 거리지만 택시를 탄다든지.

　오늘은 맨날 인스타그램에서만 보던 케이크 가게
를 혼자 가봤다. 사진으로 보면서 매번 가봐야지,
가봐야지 하고 말버릇처럼 이야기만 하고는 미루던
곳이었다. 집에서 가까운 거리는 아니었지만 오늘이
날인가보다 싶어 덜컹이는 지하철을 타고 굳이 환승

까지 하며 이태원역으로 향했다.

사실 오늘은 엄청 침울했다. 정말이지 자존감이 한없이 낮아지는 날이었다. 그렇게 가끔 내가 이 세상에서 굳이 필요하지 않은 사람인 것 같다는 생각이 드는 일이 생기면, 나라도 내 자존감을 지켜줘야지 싶어 이런 소소하지만 과감한 소비를 한다. 누군가는 이런 비용을 낭비라고 생각할 수도 있겠다마는, 자존감을 사는 것 치고는 저렴한 가격이지 않을까 생각한다.

어쩌면 기억하고 싶지 않은 하루를 이런 식으로 덮어보고 싶었을지도 모르지. 원래 처음과 끝이 제일 중요한 거니까. 중간에 얼마나 기분 나쁜 일이 있었든 간에 잠자리에 들기 직전의 기분이 행복하다면 그걸로 된 게 아닐까. 마무리가 좋으면 오늘 하루를 좋았더라고 기억하게 될 수도 있지 않을까. 오늘은 침울했던 날이 아니라, 가보고 싶었던 케이크 가게에 갔던 날이야.

○
전
시
회

　어쩌면 세상은 빛나는 별이 되라고만 소리치는 중
이었는지도 모르겠다. 우리는 늘 최고가 되어야 했
다. 혹은 독보적인 무언가가 되어야 했다.

　한 달에 적어도 한 번 정도는 전시회를 다녀와 줘
야 문화를 충족한 것 같은 기분이 든다. 물론 미술
에 대해 엄청난 일가견이 있는 것도 아닐 뿐더러,
알고 있는 지식이 많은 것도 아니지만 얼마나 아느
냐보다는 내가 얼마나 느끼고 오느냐가 더 중요한
게 아닐까. 물론 당연히 더 많이 알면 알수록 보는
즐거움도 있고 느끼는 바도 더 많겠다마는, 어쩌면
작품은 보고 싶지만 공부는 하기 싫은 내 괜한 게으
름을 무시할 수는 없기 때문일지도 모르겠다.

오늘 본 전시회는 현대미술에 관한 것이었다. 여러 작품에 얽힌 이야기들과 작가들의 당시 상황 따위를 오디오 도슨트로 들으며 혼자 돌아다니던 도중 한 섹션에 다다랐는데, 그곳은 화상에 관한 이야기들로 채워져 있었다.

가난한 화가들을 경제적으로뿐만 아니라 정신적으로까지 지지해주던 화상들. 세상에 화가들로만 가득 찼다면 그걸 소비해주는 사람들은 아무도 없었겠지. 들어주는 사람 하나 없는 예술은 지금처럼 발전할 수도, 아니 사실은 남아있을 수조차도 없었겠지.

작품을 열심히 구상하고 만들어내는 사람이 있는가 하면 그걸 감상하고 구입해주는 사람도 필요한 것이다. 우리는 꼭 모두가 화가가 될 필요는 없었는데.

난 피카소가 될 수도 마티스가 될 수도 없었지만 세종문화회관에 가서 12,000원짜리 청소년 입장표 한 장을 끊고 3,000원을 추가해 오디오 도슨트를 듣는 관람객은 될 수 있었던 것이다. 우리네 세상에는 그런 사람도 필요하니까.

가장 어려웠던 일은
내 심장을, 홍채를
귓불과 발톱과 수많은 점들을
눈썹과 어금니와
목주름 같은 것들을
사랑하는 일이었다.

너를 사랑하고 그를 사랑하고
저들을 사랑하는 것은

그렇게 어려운 일이 아니었는데.

거울에 비친
모습을 볼 바에는
눈을 감는 게
더 잘 보일지도 모르겠다.

까만 배경에
세상이 긁어낸 잔상이
서서히 덮여져
텅 빈 공간만 남고 나면

그제야 비로소 나를 만난다.

○
유
자
차

세상을 잃은 것마냥 슬픈 일들이 종종 있더라. 내
존재 자체를 부정당한 것 같아 슬프고 좌절될 때.
어쩌면 세상이 나를 필요로 하지 않는 기분이 들
때. 기대하던 것들이 생각처럼 잘 되지 않았을 때.
기대가 클수록 실망도 커지니 아무런 기대도 하지
말자고 이야기했지만 진짜 기대를 아예 안 할 수 있
는 사람이 얼마나 되겠어.

아마 오늘의 너도 그랬을 거야. 뜻대로 되지 않아
서, 배가 고프지만 아무것도 먹고 싶지는 않다고.
참담한 하루를 애써 꾹꾹 눌러 말하는 너를 보면서
울컥하지 않을 수 있는 사람이 몇이나 될까.

어쭙잖게 괜찮은 위로를 던져주는 것보다, 그냥
차라리 속이 쓰라릴 너에게 달콤하고 따뜻한 차 한

잔을 마셔줬음 좋겠다고 말하기로 했다. 난 너의 세상을 잃어본 사람이 아니라서. 바닥을 친 네 하루의 통증이 얼마나 욱신거렸을지 모르니까. 비록 나의 세상은 몇 번이고 잃어버려 봤었다 해도.

아무리 입맛이 없어도 끼니를 계속 거르면 속이 상한다고 하더라. 밥을 못 먹을 것 같으면 유자차 같은 걸 타 마셔봐. 헛구역질이 날 만큼 씁쓸했던 하루였으니 마무리라도 달콤했으면 해서. 네가 잠에 들기 전까지 난 계속 네 생각을 하고 있을 테니 오늘 세상이 다 너를 부정했다고 해도 나는 널 머금을 거야. 차를 다 마시고 나면 널 방해하는 어떤 꿈도 꾸지 말고 달콤한 잠을 자길 바라.

○

나
방

　누군가를 부러워하는 감정을 흔히들 시기와 질투
로 많이 토해내는 것 같다. 진짜 미워서라기보다는
미워하고 싶은 사람이어서, 미운 사람이었으면 좋겠
는 마음에 그런 듯하다. 누구나 솔직한 감정을 드러
내는 건 부끄러운 일이어서일까.

　유독 빛나는 사람일수록 꼬이는 나방들이 참 많더
라. 그 나방들이 뭉치고 뭉쳐서 그림자를 만들어 결
국은 빛을 아예 막아버리려고까지 하더라.

　꼬이는 나방들이 모여 떠들어대는 소리들은 꽤나
무섭다. 그들은 무리로 뭉쳐 날아와 잔뜩 겁을 준
다. 빛 근처를 계속 맴돌며 위협을 주기에 힘없는
빛을 내비치면 그제야 나방들은 떠난다. 희미하다
못해 깜빡거리는 빛이다. 이내 완전히 꺼져버릴 수

도 있는 빛이다.

내버려둬라. 빛 가까이에 온 나방들은 이내 견뎌
내지 못 하고 결국에는 타죽기 마련이니까. 다가오
면 올수록 위험해지는 것도 결국 그들이니까. 우리
가 할 수 있는 일은 그냥 더 밝고 뜨거운 빛을 내어
주는 것 아닐까. 더 빛나는 사람이 되는 거.
그러니 부디 나방이 무서워서 반짝이는 것조차 그
만두려고 하지는 마. 구더기가 무서워서 장을 못 담
글 수는 없잖아. 나방들 따위에 연연하기에 너의 빛
은 누구보다도 찬란한 사람이라서.

○

좋은
사람

있잖아. 내가 생각해 봤는데 당신 좋은 사람 같아.
갑자기 지인에게 카톡이 왔다.

누군가를 정의할 때 '좋은 사람'이라고 말할 수 있
는 사람이 있기는 할까. 사람을 한마디로 표현한다
는 것 자체가 불가능한 일이겠지마는, 누군가의 특
징을 표현한다면 긍정적인 이야기를 하는 건 쉽지
않을 거다. 우린 남의 단점부터 생각해 내는 일에
특화되어 있으니까. 차라리 '좋아하는 사람'이라는
말이 좀 더 현실적일 수는 있겠다고 생각했다. 그건
어쩌면 일시적인 말이니까.

좋은 사람 같다. 너무 고맙고 과분한 칭찬이지만
긍정할 수는 없었다. 내가 보는 나는 그렇게 좋은

사람이 아니다. 난 몇 번이고 당신의 우울을 귀찮아
했고, 당신을 걱정했던 것도 결국 당신이 사라지면
슬플 내가 싫었기 때문이다. 당신이 내게 그렇게 우
울을 토로했을 때 외면했다가 나중에서야 후회하면
서 다 내 잘못이라고, 내가 뭔가 행동했다면 달라졌
을 수도 있을 거라고 자책할 내가 무서워서 들어준
것이다.

　그걸 이제 알았어? 너스레를 떨었다. 난 나쁜 여
자들이랑 잘 맞는데 우린 잘 안 맞으니 당신은 좋은
사람인가 봐. 당신은 내게 실없는 소리를 했고 우
린 웃었다. 부디 날 좋은 사람이라고 생각하지 않았
음 한다. 난 지극히 이기적인 사람이다. 난 당신이
좋은 사람인지는 모르겠지만 나쁜 사람은 아닌 것
같다. 일단 오늘의 당신과 내일의 당신은 계속 보
고 싶은 사람이다. 웬만하면 당신이 조금만 더 행복
해질 수 있었으면 좋겠다. 좋은 밤도 보냈으면 좋겠
다.

오
렌
지
주
스

매일매일 오늘의 운세를 보내주는 친구가 있다. 정확히 말하면 나와 같은 별자리를 가진 사람들의 운세. 내용에는 내가 오늘 맞을 하루의 전반적인 내용과 행운의 색깔과 키워드, 마지막으로 오늘 내 별자리가 몇 위를 했는지 따위가 있다.

"귀찮을 텐데 왜 자꾸 나한테 이걸 보내주는 거야?"
"네 별자리가 오늘 하루 높은 순위에 있으면 하루 종일 기분이 좋잖아."

별자리가 뭐라고 내 운세를 좌우하는 건지. 그럼 나랑 같은 별자리를 가진 사람들은 모두 같은 운세를 갖고 오늘을 살아가는 건지 싶지만, 그 자그마한 힘을 믿고 하루를 살아가는 힘을 얻는 네가 마냥 우습지만은 않다.

먼 길을 나서서 사람을 만나고 난 뒤 가족들과 함께 미술관에 가기로 했다. 그날은 만원인 지하철에서 스무 정거장 넘게 서서 간 날이었다. 내린 역에서 버스 하나를 잘못 타서 입장 마감 시간을 5분 지각해 미술관 앞까지 도착하고는 혼자 못 들어가고 털레털레 집으로 기어갔다.

잔뜩 풀이 죽은 내게 친구는 내 별자리를 물어보더니 양자리의 오늘의 키워드는 오렌지라며, 집 가는 길에 오렌지 주스를 사서 마시면서 가면 어떻겠느냐고 내게 물었다.

"오늘 네가 버스 때문에 못 보게 된 전시회는 더 보고 싶어진 전시회가 된 거라고 생각해. 그러니 다음에 보러 가게 되면 보고 싶었던 만큼 훨씬 더 좋은 시간이 될 거야."

그날의 나는 내가 제대로 하는 게 하나도 없는 것 같다는 자책감에 빠져 있었다. 운전 시험도 떨어지고, 친구한테도 말실수를 한 것 같아 죄책감에 메시지를 보냈지만 친구는 읽지 않은 그런 상태였다. 그런 날에 버스까지 놓치니 완전히 늪에 빠지고 만 것이다.

난 오렌지 주스를 좋아하지도, 즐겨 마시지도, 심지어 집에 있어도 굳이 꺼내 먹지 않는 편이지만 그날 네 이야기를 듣고 집에 가는 길에 편의점을 들러 오렌지 주스를 사 마셨다. 귀여운 네 운세 이야기를 귀담아듣게 된 것도 아마 그때부터인 것 같다.

겨울에 내리는 비는
다른 계절보다도 귀하다.

난 겨울에 내리는 비가 좋다.
괜히 더럽게 녹아내린 진눈깨비를
씻겨주는 기분이다.

눈을 바라는 이들에게는
불청객이겠지만

따뜻한 겨울이다.
얼어붙지 않은 것들이
겨울에도 있었다.

○

피
어
난
다

꽃은 저마다 피는 계절이 다르다는 말이 있다. 상
투적이고 유명한 말이지만, 오늘 괜스레 그 문장이
다가왔던 것은 아마 오늘이 내게 너무 힘든 하루였
기에 그런 듯싶다.

잘하고 싶던 프로젝트는 나 말고 다른 사람이 진
행하게 되었고, 여러 가지 기대하던 것들이 무산되
었다. 어쩌면 나는 정녕 아무도 필요로 하지 않는
사람이 아닐까, 내게도 화려하게 피어날 계절이 있
을까, 하는 생각이 들었다.

열등감이 날 구성하는 전부이기에 비교와 우위를
가르는 행위들은 내 일상이 되었다. 가진 걸 보지
못 하고, 가지지 못 한 것에 집착하는 것은 내 취미
이기도 하다. 그렇게 활짝 만개한 주변 사람들을 보

면서 나의 꽃봉오리는 언제쯤 입을 벌릴까 불안했지만, 어쩌면 이제 겨우 새싹이 난 건지도 모르겠다고 생각했다.

정말 꽃은 저마다 피는 계절이 다르다. 많은 꽃들이 같이 피는 시기를 부러워하며, 나는 언제쯤 필수 있을까 고민만 하고 있었다. 정작 내 가지가 뻗어 나가고 줄기가 자라고 있는 줄도 모르고서.

차분히 나의 계절을 기다려 보자. 내가 가진 꽃잎은 어떤 빛깔을 지니고 있을지, 얼마나 달콤한 향기를 풍길지 기대해 보자. 너의 계절이 있듯, 분명 나의 계절도 있다. 그렇게 저마다의 꽃이 피어난다.

○

바
다
같
은
사
람

세종에 사는 내 친구는 가끔 울적해지면 바다에
간다. 부럽다. 서울에도 좀 가까운 바다가 있으면
좋으련만. 가장 가까운 바다가 세 번이고 지하철을
갈아타서 거의 총 두 시간을 가야 하는 인천 을왕리
라니.

"좋겠다. 우리 집엔 바다 없어."
"네가 바다야."

이내 몇 시간 후 전화가 와서 이야기를 하다가 너
는 참 바다 같은 사람이야,라는 말을 또다시 했다.
이유를 물었지만 친구는 그냥 넌 바다야,라며 더 이
상 부연설명을 하지 않았다.

바다처럼 울적해질 때마다 찾고 싶은 사람이라는 이야기일까. 수심을 가늠할 수 없이 깊은 사람이라는 이야기일까. 다 품을 수 없이 넓은 마음을 가진 사람이라는 이야기일까.

내게 바다는 여전함이다. 나 홀로 겨울 바다에 가서 잔뜩 소리치면서 운 적이 있었다. 답답한 마음에 막 화도 내면서, 어떻게 사는 건지 도저히 모르겠다고 했다. 바다는 아무 말도 하지 않았다. 다만 그냥 거기에 묵묵히 듣고 있었다. 그렇게 그대로 있었다.

만약 내가 정말로 바다 같은 사람이 될 수 있다면 난 그런 사람이었음 한다. 내게 잔뜩 소리치며 울어도 여전히 그 뾰족함마저 안아줄 수 있는 사람. 자꾸만 날 밀쳐내도 그럼에도 불구하고 여전히 네게 있어 줄 수 있는 사람. 내가 너에게 바다라면 난 네게 기꺼이 그런 사람이 되어주고 싶다.

3.

열아홉도 쉰아홉도 인생 참 어렵다

○
수
도
꼭
지

　마음이 왜 이렇게 따갑고 쓰라린가 했더니 눈물을
통 흘리지 못 해서 건조했기 때문인가 보다. 요즈음
의 내 눈물샘은 고장이 났다. 일상 속에서 길을 걷
다가도 갑자기 눈물을 펑펑 쏟고, 너무 울고 싶어져
도 눈물 한 방울 내보내지지가 않는다. 아주 수도꼭
지가 제 맘대로다.

　수도꼭지의 주인은 분명 나였던 것 같은데 여는
것도 닫는 것도 내 마음대로 되질 않는다. 뻑뻑해서
잘 돌아가지 않는 탓에 잠그는 게 어려워 쉽사리 물
살은 멈추지가 않는다. 이내 홍수가 나고 바다가 된
다.

　물살에 휩쓸리는 돛단배가 되어 걷잡을 수 없이
흘러가고 있으면 이제 서른이 된 우리 언니는 그랬

다. 가로질러 가는 항해선이 되라고.

"우린 견뎌내는 법을 배우는 거야. 부딪히지 않는 법이 아니라 부딪히고 나서도 나아갈 수 있는 힘을 기르는 거야."

언니는 이미 몇 번이고 거세다 못해 나아갈 수조차 없는 파도 속에서 배를 탔었나 보다. 마침내 수도꼭지가 잠기고 물이 잔잔해지면 배를 타고 한 바퀴 돌아본다. 잠길 것 같은 파도에도 잠기지 않았구나. 하루하루 버티고 나니 그 하루가 모여 이만큼까지 왔구나.

울
어
도
괜
찮
다

　겨우 이딴 일로 울어도 괜찮다. 고작 이런 거라 부
끄러운 일에 눈물이 왈칵 나도 괜찮다.

　나는 게임에서 져서 울었다. 종종 언니 오빠랑 원
카드를 하곤 했는데 이 사람들은 나보다 나이가 열
살가량 차이가 나면서 한 번을 대충 져준 적이 없었
다. 서러워서 울었다. 정말 이기고 싶었는데, 멍청
한 내 자신한테 분해서 울었다. 게임에서 져서 운
게 쪽팔려서도 울었다.

　또 새벽 3시 45분 즈음 하드 렌즈를 씻다가 하수
구에 빠뜨려 울었다. 노안인 아빠가 일어나자마자
렌즈를 빼느라 배수관을 분리하고 머리카락 뭉텅이
와 먼지 구덩이 사이에서 눈을 찌푸리고 그 자그마
한 렌즈 하나를 찾느라 고생할 것이 미안해서 울었

다. 비싼 렌즈를 또 신중하게 다루지 않았다고 혼을 내고 싶지만 혹시나 이미 병들은 마음이 다칠까 내 눈치를 볼 부모님이 보여서 울었다. 새벽 네 시 반까지 울었다.

나도 이딴 일들 때문에 울었다. 그렇지만 내가 겪은 일보다 더 자그마하고 하찮은 일이어도 울지 말아야 할 이유는 없다. 사람들은 원래 우울이라든지 눈물이라든지 하는 것에 대해 엄청난 잣대를 들이대는 경향이 있다. '이만하면 울어도 된다'는 기준이 따로 있는 걸까. 나이를 먹을수록 눈물에 엄격해져야 하는 걸까.

엄마랑 크게 다툰 날, 할 말이 있어 엄마에게 전화했을 때 엄마가 할머니 병간호를 하다가 내 전화를 받은 적이 있다. 엄마는 내게 차갑고 큰 목소리로 바쁘니까 끊어.하고 전화를 끊었다. 그 목소리를 들으신 할머니는 마음이한테 너무 나쁘게 말하지 말라며 엉엉 우셨다.

열여덟 살 때 수업 시간 중 소리 없이 눈물을 쏟던 내게, 학교 선생님은 수업 내내 아무런 눈치도 주지 않으시다가 그 후 쉬는 시간 종이 치고 내게 찾아오셔서 마음아. 울고 싶을 때는 이 악물어가며 참지

말고 울어도 된다. 울고 싶을 때는 울 줄 아는 사람
이 성숙한 거야. 그렇게 말씀하셨다.

그러니 그런 일들로 울어도 괜찮다. 네 마음이 요
동친다면 이미 충분한 이유가 된다. 왈칵 울어도 좋
다.

미
움
받
을
용
기

야. 사실은 날 미워하는 게 무섭더라.

오랜만에 만난 입시 동기와 솔직한 이야기를 했
다. 주제는 사랑받는 걸 집착하는 친구들을 싸잡아
말하는 약간의 뒷담화. 유독 모든 이가 자기를 사랑
해줘야 한다고 생각하는 친구들이 꽤 있다. 뭐 그런
애들에 관한 이야기였다. 누군가가 자기를 싫어한다
는 사실을 끔찍이도 싫어해서, 내가 아니라 저 사람
이 원래부터 문제였던 거야,하고 여론을 모는 아이
들.

그러나 대다수는 알고 있을 것이다. 모두가 날 사
랑해 줄 수는 없다는 걸. 내가 이유 없이 누군가를
싫어할 수도 있는 것처럼, 그들 역시 내게 그런 감
정을 갖고 있을 수도 있다는 걸. 혹은 내가 남긴 물

반 컵을 보고도 반이나 남겼다며 날 긍정적으로 보아줄 수 있는 반면 반밖에 없다며 날 욕할 수 있다는 걸. 너무 잘 안다. 경험의 결과들로부터 배운 것이기도 하고, 많은 위로 글들과 강연에서도 자주 언급하는 이야기라.

그렇지만 사실은 여전히 나도 미움받는 것은 무섭다. 그걸 받아들이는 게 너무 어렵다. 모두에게 사랑받을 수 없다는 걸 너무나도 잘 알고 있으면서도 미움받기 두려워한다는 건 모순적이겠지만 인간은 원래 모순적이니까.

종업식 날 담임선생님에게 편지 비스무리한 긴 카톡을 보냈다. 선생님께 답장이 왔다.

선생님도 처음 선생님이 됐을 때 무서웠어. 아이들의 반응이, 가끔은 날 욕하는 소리가 들리고, 날 좋아하지 않는 아이들을 보면서. 어쩌면 나는 좋은 선생님이 될 수는 없는 걸까 하고.

그래. 누군가가 나를 미워한다는 건 생각보다 아주 무서운 일이야. 널 미워하는 아이들을 마주하는 걸 두려워하는 것처럼. 나도 교실에 들어가기 전 문앞에서 심장이 뛰더라. 이 반 학생들도 날 싫어하진 않을까.

　나도 미움 받는 건 무서워. 그런데 모두에게 사랑 받을 수는 없지만 그렇다고 나까지 날 미워하면 안 되니까. 세상 사람들이 다 등을 돌려도 나는 내 편이어야 되더라고. 그래야 흔들리지 않을 수 있더라고.

　선생님은 그렇게 말했다.

응
급
실

합정으로 가는 열차 안에서 갑자기 눈앞이 캄캄해
지면서 속이 메스껍기 시작했다. 정말 곧바로 쓰러
질 것만 같아 119에 직접 전화를 하고는 합정역에
내려 쓰러지듯 누웠다. 마냥 죽고 싶어서 몸부림치
던 예전의 내가 이렇게 살기 위해 발악하는 게 내심
우스웠다. 사람은 원래 죽고 싶은 만큼 살고 싶어
한다던 말이 생각난다.

그렇게 쓰러져 있다가 구급대원들이 와서 날 바
퀴 달린 의자에 앉히고는 내게 계속 내 상태를 물어
봤다. 앞이 까매지더니 어지러워서 죽을 것 같았어
요. 식은땀이 엄청 났어요. 원래 위가 좀 안 좋고 공
황장애 비슷한 게 있어요. 몇 마디하고는 내 의자를
펴더니 이내 침대가 되었다. 구급차를 탄 지 몇 분

지나지 않아 병원에 도착했다.

피검사를 하느라 피를 조금 뽑고 수액을 맞으며 누워있는데 옆 침대의 소리가 들린다. 노랗게 탈색한 여자가 누워서 계속 울고 있었다. 얼굴과 몸이 멍투성이였다. 맞아서 부은 눈을 치료해야 하는데 계속 눈물이 나는 탓에 상태를 볼 수가 없었다. 그녀는 병원이 떠내려가듯 울었다.

마음이 너무 아파. 팔도 아프고 얼굴도 아프고 갈비뼈도 아픈데 마음이 너무 아파요. 그녀의 상처는 눈에 보이는 것이 전부가 아니었던 것 같다. 간호사는 그녀를 안아주면서 달랬다. 그녀는 갓난아이처럼 울었다.

바로 왼쪽에 있는 할아버지는 허벅지에 화상을 입은 채로 오셨다. 카시트에 히터가 계속 틀어져 있어서 화상을 입었는데, 하반신 마비라 모르고 있다가 며칠 지나서야 병원에 온 것이다. 내가 월남전에서 총상을 입어서 하반신이 불구야. 보훈병원에 갔다 오느라 좀 늦었어.

입원해서 병을 알아보자는 의사의 제안에 그럴 필요까진 없을 것 같아 짐을 정리하고 나가는 길에는 화상을 입어 온몸에 붕대를 감은 남자와 눈이 마주

쳤다. 그때의 내가 그에게 어떤 표정을 지었는지 기억이 안 나서 미안했다.

고작 지하철에서 픽 쓰러져서 응급실에 온 게 죄송할 정도로 죽음과 삶의 경계에 허우적대는 사람들이 붐비는 곳이었다. 몸이 다쳐서 온 사람도, 마음까지 다쳐서 온 사람도 있었다.

커튼 사이로 보았던 그들은 아무도 동정하지 않았다. 모두가 아픈 사람들이라 그랬을까. 대신에 약간의 동질감 비슷한 걸 느끼는 것 같았다. 아파본 사람이 아픈 사람을 알아줄 수 있는 것. 응급실은 일종의 위로였다. 적어도 내가 누워있던 오후 12시의 응급실 침대에서는 그랬다.

○

야
식

　새벽에 무언가를 꺼내먹는 건 진짜로 허기져서도
있지만 그보다는 마음이 헛헛해서일지도 모르겠다.
배가 고파서라기보다는 무언가를 채워 넣고 싶은 마
음에 뭐라도 욱여넣는 것 아닐까.

　공허한 시간이다. 차라리 배라도 불러 잠이라도
쏟아졌으면 하는 바람이다. 라면을 좋아하는 편도
아니면서 이틀 연속으로 새벽에 라면을 끓여 먹었
다. 하루는 먹다가 절반을 그냥 쏟아버리기도 했다.
다음날 팅팅 부은 얼굴을 보며, 그냥 아무것도 먹지
말고 잠이나 잘 걸. 하고 후회하지만 또 새벽이 찾
아오면 허기는 다시금 찾아온다.

　어떻게든 누워서 잠에 들어보려고 해도 심장 소리
가 너무 크다. 눈을 감았지만 모든 게 너무 시끄러

워서. 그러게 커피를 마시지 말 걸 그랬나. 내가 잠을 못 자는 게 정녕 커피 때문이긴 한가. 언제부터 카페인이 그렇게 잘 받는 몸이었나.

소리에 집중하고 있으면 별소리가 다 들린다. 냉장고 돌아가는 소리부터, 귀뚜라미 우는 소리는 말할 것도 없고, 특유의 핸드폰에서 나오는 전자파 소리도 들린다. 세상 돌아가는 소리가 다 들린다. 잠에서 깨고 나면 들리지도 않을 소리들일 텐데.

언니야 나는 무섭다. 뭐가 무서워? 사는 게 다 무섭다. 사는 건 무섭지. 늘 미래는 정해진 건 없고 확실한 건 아무것도 없으니까. 우울한 걸 너무 무서워하지 마. 우울해도 돼. 그렇구나. 나는 우울이 무서운가 보아.

이제는 결혼을 해 따로 살고 있는 언니와 문자 메시지로 짧은 대화를 나눴다. 언니는 종종 내 마음을 짚어주는 역할을 한다. 오늘은 허전한 공간에 음식 대신 그 대화를 담아두었다. 시끄럽고도 공허한 새벽이다.

머리가 희끗희끗한
할아버지 한 분이 지나간다.

수많은 인파지만
다들 그를 피해 가는 이유는
그가 자꾸만 사방으로
팔을 뻗어대는 중이기 때문일 테다.

자꾸만 손을 쥐락펴락한다.
마치 누구라도 잡아달라고 부탁하는 듯이.

사람들을 향해 이리저리
팔을 자꾸만 뻗는다.

휘청거리는 할아버지도
손잡아줄 누구 하나가 없어 외로워한다.
기댈 곳이 없어서 자꾸만 발을 헛디딘다.

○
색
약

　포켓볼을 치고 있는 도중에 친구가 자꾸 당구공
색을 틀리게 말하기에, 너 색맹이냐?하고 장난스레
물었다. 친구는 아무렇지도 않게, 어. 하고 답했다.
절반의 당황스러움과 절반의 미안함이 내 숨을 턱
하고 막히게 했다. 이런 말은 장난으로라도 하면 안
되는 거구나.

　이야기를 들어보니 친구는 색약이었다. 색을 구분
하는 능력이 떨어지는 거라고 했다. 색이 헷갈린다
고 했다. 나는 평생 그래본 적도 그렇게 볼 수도 없
는 사람이라, 그런 내 친구가 신기했다. 불편하지는
않아? 어렵기는 해.

　옷 색 조합을 남들보다 신경 써서 집중해 맞춰 입
는 것도, 자동차 신호등을 색 대신 순서로 외워서

구분하는 것도 내가 경험해보지 않았기에 감조차 오지 않았던 일들이었다.

　세상을 남들과 다르게 본다는 건 무슨 기분일까. 같은 색을 보고 다르게 이야기할 때 세상에 너와 나 둘만 남아있었다면 정답을 아는 사람은 아무도 없었겠지. 너와 내가 다른 생각을 할 때 우리가 결국 할 수 있는 건 이해하는 것뿐일 테다.

　공유할 수 있는 색을 보는 사람들과도 우린 다른 생각을 한다. 그들의 시선에서는 그들의 생각으로밖에 보이지 않을 것을 알았기에 이제는 이해한다. 나와 다른 생각을 하는 사람들의 세계도 충분히 그들에게는 타당한 것이고, 그만큼 나의 세계도 보지 못 하는 사람들이 있음을 알았기에. 이제는 그 관점들을 이해한다.

노
트
북

친구들이랑 같이 밤 산책을 하고 있던 도중에 아는 영상 제작을 공부하는 언니한테 갑자기 전화가 왔다. 나름 친한 사이기는 하지만 평소에 전화를 자주 하던 언니는 아니었어서, 일 관련해서 물어볼 게 있는 건가 싶어 무슨 일이냐고 물었더니 별안간 언니는 나한테 우울하다고 했다.

무슨 일이 있는 거야? 아무 일도 없어. 심지어 오늘 좋은 사람들이랑 같이 밥도 먹고 이야기도 했어. 나도 내 감정을 모르겠다. 오늘 개강해서 그런가. 방학 때도 내내 바쁘게 살았는데.
야 근데 있잖아, 난 요즘 그냥 다 때려 치고 싶다. 넌 그럴 때 없어? 나도 요즘 그랬어. 몇 년을 늘어지게 붙잡고 있던 꿈이었는데 갑자기 꼴도 보기 싫

184

어지더라고.

근데 그거 진짜 관두고 싶어서 그런 건 아니지 않냐. 내가 생각해도 그런 것 같아. 그냥 지쳐서 그런가 봐.

나는 오빠한테 빌린 무거운 노트북으로 돌아다니면서 글을 쓰는 편인데, 요즘의 노트북은 요즘 픽하면 꺼지고 파란 화면이 뜬다. 만져보면 아주 뜨겁다. 이럴 땐 아무리 글을 몇 자 더 적어보고 싶어도 잠깐 끄고 식을 때까지 기다려야 한다. 열기를 무시하고 계속 노트북을 쓴다면 겉으로는 티가 안 나겠지만 내부의 부품들은 너무 뜨거워서 타버리기 십상이기 때문이다.

우리 요즘 너무 과열됐나 봐. 잠깐 전원 끄고 식힐 시간이 필요한 것 같다 그치. 응. 더 뜨거워지기 전에 우린 전원을 끄기로 했다. 속이 까맣게 타서 완전히 재가 되어버리기 전에 멈춰두고 식히기로 했다.

○

비
오
는
날

괜히 비를 맞고 싶었다. 어쭙잖은 낭만 같은 걸 느껴보고 싶었던 내 발악이었다. 부드럽게 떨어질 것 같았던 예상과는 달리 비는 점점 거세지더니 이내 몇 번이고 천둥번개가 쳤다. 그렇지만 가방에 넣어둔 접이식 우산을 펴자니 내가 지는 기분이 들었다. 괜한 고집에 이 악물고 집에 가는 길 내내 비를 맞았다.

내 꼬락서니가 너무 웃겼다. 우산을 쓰고 빠르게 발걸음을 옮기고 있는 사람들 사이에 혼자 우산 없이 터벅터벅 걸어가고 있는, 왼손에 아이스 아메리카노를 들고 있는 여자아이. 더 웃긴 건 '커피는 비 맞으면 안 되지'라며 커피 입구를 손으로 가리고 있다는 것이었다. 아니, 옷이랑 가방이 다 젖었는데 고작 가린다는 게 뚜껑 덮인 냉커피라니.

학교 친구한테 전화가 온다. 손에 들고 있는 게 많아 전화를 받기 어려운 상황이긴 했지만, 연달아 오는 전화에 급한 일인가 싶어 어찌어찌 왼쪽 어깨로 전화를 받았다.

친구는 다른 친구와의 관계가 너무 어렵다고 했다. 끊기에는 그 친구를 향한 연민이 어렵게 하고, 그렇다고 계속 옆에 두기에는 나를 너무 힘들게 해서 어떤 선택을 해야 할지 모르겠다고 했다. 덕분에 본인의 삶도 아주 복잡해졌다고 했다. 그렇게 한시간 동안 통화를 했다. 여전히 밖이었고 비는 내렸다.

이제는 정말 들어가야 할 것 같다며 간신히 전화를 끊었다. 지금의 내 상태는 '비를 맞았다'보다 '빗물 속에 빠졌다 나왔다'는 표현이 더 정확할 것이다. 나는 또 커피를 막고 있었다. 내 눈과 몸과 옷과 가방과 가방 속 노트북과 지갑이 젖는 건 모른 채로.

담
배
와
선
생
님

담배를 끊어볼까 한다.

초등학교 6학년이 되었을 때 만난, 하도 수업 시
간에 담배 냄새가 나서 내가 몇 번이고 선생님께 담
배 좀 끊으시라고, 잔소리 아닌 잔소리를 드렸던 내
수학 선생님이었다. 그때 선생님이 30대 후반이었
는데, 난 다른 사람보다 냄새를 잘 맡는 터라 선생
님이 담배를 피우고 오시면 금세 알아채고는 눈치를
줘서 선생님은 날 싫어하셨다.

그런 선생님이 이젠 마흔이 넘었고, 나는 사회생
활을 하면서 이젠 담배 냄새에 익숙해진 데다가 얼
마나 끊기 어려운지도 귀따가울 정도로 들어버려 그
때 내가 참 너무하긴 했었다고 생각하곤 했다. 그런
데 저런 연락이 온 것이다. 말은 했지만 자신은 하

나도 없다고, 장난스레 이야기하셨지만 난 그 이야기를 듣고 깜짝 놀랐다.

독한 담배를 만날 피워가며 그냥 일찍 죽으면 되지 뭐. 하고 너스레를 떨던, 그다지 삶에 애착이 많아 보이지 않았던 선생님이었다. 어쩌다 그런 결정을 하게 되었냐고, 이제는 오래 살고 싶은 마음이 생긴 거냐고 여쭤봤더니 선생님은 아니, 여전히 오래 살고 싶진 않은데. 그것보다는, 짧게 살더라도 살아있는 동안은 건강하고 싶더라 하셨다.

체력 관리를 못해서 픽하면 쓰러지는 나한테도, 너도 젊지만 건강한 건 아니다. 건강 좀 챙기고 살아,하고 잔소리를 하셨다. 오래 살고 싶은 욕심은 여전히 없지만, 살아있는 동안 건강하게 사는 건 꽤 중요한 일이다 싶다. 다음 주에는 운동을 등록하러 가기로 했다.

○

노
숙
자

느지막한 밤 산책을 하다 편의점 테라스에 앉아 제로 콜라 캔 하나를 사서 마시는 중이었다. 편의점 근처에 앉아계시던 노숙자 한 분이 취해 이런저런 이야기를 하고 있었다. 목청이 꽤 크신 탓에 읊조리 듯이 말씀하셨음에도 불구하고 귀에 잘 들렸다.

3살짜리 애가 자기 부모를 보고 무서워하거나 대단하다고 생각하지 않거든. 그냥 자기 친구. 이 정도로 생각하더라고요. 있잖아요. 우리는 다 친구가 될 수 있어요. 세상이 사람들을 위아래로 나눈 거예요. 여러분 우리 아름답게 살아요.

세상에 불만이 꽤나 많아 보였던 아저씨였지만, 그래서 어쩌면 그 말에 반박할 부분이 없었던 것도 아니었지만, 오십몇 년쯤 사신 것 같은 당신이 살아가면서 결국 도출한 결론이 그거라면 아주 의미 없는 말은 아니겠구나 싶었다.

문득 가치에 대해 생각해 본다. 날 가치 없는 사람이라 생각한 적이 많았다. 잘하고 못하고가 사람의 값어치를 매기는 유일한 기준처럼 느껴지던 때에는 그랬다. 상품성 없는 상품은 도태되기 마련이라.

넌 존재 자체로 충분한 가치가 있는 사람이야. 그때는 이 말이 그냥 위로해주는 말인 줄 알았는데. 돌아보면 내 주변 사람들조차도 능력으로 뽑아둔 사람은 아무도 없었다. 반대로, 내가 능력 있는 사람을 미워하는 이유도 설명이 안 될 것이다.

우리는 모두 친구가 될 수 있을까. 어른이고 아이고, 세상이 사람을 나누는 잣대를 다 떠나서. 아랫사람이 윗사람한테 친구를 청유한다면 그건 구걸이고, 윗사람이 아랫사람한테 친구가 되어 달라고 한다면 그건 동정일 텐데. 라고 생각했지만 아랫사람이니 윗사람이니 그런 건 다 누가 정하는 거냔 생각에 나조차도 친구가 될 자격이 없는 사람이구나 싶어 생각을 그만두었다. 쓸쓸한 밤이다.

캔을 구겨 버리고 집에 들어가려다 아저씨 말이 자꾸만 맴돌아서 밤 산책을 조금 더 했다. 우리 아름답게 살아요. 아저씨가 말하는 아름다움은 존재할 수 있기는 한 걸까. 다시 아저씨를 만나면 우린 친구가 될 수 있을까.

언젠가 아름다운 발레를 하는
발레리나의 상처 나고 퉁퉁 부은 발을
본 적이 있다. 밴드 투성이에 피범벅이 되어
사람 발인지도 분간하기 어려웠다.

서울의 야경이 유난히 아름다운 이유는
밤늦게까지 에너지 드링크를 마셔가며
각성하는 직장인들이 회사에 남아 있기 때문이다.

저들의 프러포즈가 아름다운 이유는
전날 밤 저 남자가 밤새도록 곰 인형의
배를 열어 반지를 끼워 넣었기 때문이다.

이 음악이 아름다운 이유는
그가 직면했던 이별이 유난히도
그의 세상을 슬프도록 무너지게 했기 때문이다.

어쩌면 아름다움은 환조가 아니라 부조다.

○
한
숨

뱉고 싶지만 뱉을 수 없는 말 같은 게 있다. 하고
싶은 말을 대신 한숨에 담아 뱉어본다. 나 말고도
다들 하고 싶은 말이 많았던 건지 오늘 하늘은 유난
히 뿌옇다. 매연과 함께 섞이고 나면 누구의 한숨인
지는 모를 것이다.

한숨을 쉬어서 땅이 꺼질 수 있다면 차라리 그랬
으면 좋겠다. 다들 도망가고 싶을 때 숨어버릴 수
있는 공간 하나씩은 가질 수 있겠지. 내가 이 세상
에서 그냥 휙 사라져버리면 좋겠다는 생각이 들 때.
속 안에 담고 담아두다 끝내 한숨에 섞어 버린 말
들은 더 독하다던데, 무얼 위해 우린 그렇게 말을
아꼈을까. 속 안에서 먼지 뭉텅이가 되어 점점 숨을
내쉬기가 힘들어진다. 뭔가에 걸린 듯 숨이 가쁘다.

오늘은 마스크를 챙겨 나갔다. 괜히 다른 이의 한숨까지 대신 마셔주지 않도록. 이제는 하고 싶은 말들도 한숨에서 다시 꺼내 보려고 한다. 그래도 하늘이 맑으면 별을 볼 수도 있지 않을까 해서.

○

소
파

우리 집은 에어컨이 거실에 한 대밖에 없어서 잠을 잘 때는 다 거실에 나와서 잔다. 나는 더위를 많이 타는 편이라, 여름에는 소파에서 이불을 깔고 자는 일이 태반이다.

엄마랑 살짝 다툰 날이었다. 사실은 다퉜다기보다는 내가 일방적으로 실망한 날이라고 하는 게 맞을 수도 있겠다. 대단한 이유로 싸운 건 아니었지만 엄마가 실수를 해서 벌어진 일이었다.

나는 엄마가 무엇보다도 내게 먼저 사과해주길 원했다. 그렇지만 엄마는 내게 '미안하다'는 짧은 말을 끝내 뱉지 않았다. 내 눈에서 눈물이 몇 방울 떨어지는 걸 보아 아마 나도 꽤나 상처를 받은 것 같았다.

잠을 몇 시간 못 잔 탓에 몸은 이미 피곤한 상태인데다가, 계속 얘기하다간 괜히 예민하고 날 선 말투로 대하게 될 것 같고, 무엇보다도 얘기하는 동안 소파에 누워있는 자세였기에 쏟아지는 잠이 주체가 안 됐다. 결국은 눈을 붙였다. 열 시 반이었다.

감은 눈을 다시금 떠 휴대폰을 확인해 보니 열두 시가 지나있었다. 두 시간 좀 안되게 졸았구나. 살짝 잠들은 정신이 조금씩 들다 보니 눈앞에 엎어져 계신 부모님이 보인다. 아빠는 거실 바닥에 아무것도 깔지 않고 베개 하나 베고 계셨고, 엄마는 그마저도 없이 바닥에 붙어 계셨다. 분명히 두 분 다 지방이 많아서 건강검진을 하실 때마다 체중 감량을 하라고 의사가 말하는데도, 이렇게 소파 위에서 바라보고 있노라면 듬직하다기보다는 앙상하다는 느낌이 들었다.

미안하다는 말은 하지 않았지만 계속 뱉은 '아이고 내가 잘못했다'라는 혼잣말이, 어쩌면 고집 센 당신이 할 수 있는 최선의 사과였을지도 모르겠다.

당신은 아마 내가 자는 동안 속이 많이 곪았을 것이다. 자식에게 잘못을 했다는 죄책감과 당신 때문에 자식이 곤란에 처했다는 미안함에 쉽사리 잠에 들지 못 했을 것이다. 물론 부족한 체력과 매일 먹는 약 탓에 결국은 그렇게 불편한 채로 눈이 감겼을 테지만.

어른이라는 잣대로 난 내 부모님이 항상 완벽히길 바랐는지도 모르겠다. 그렇지만 당신들도 연약한 사람이었다. 사실은 그럴 수밖에 없었어, 하고 변명으로 당신의 행동이 정당하다고 이야기하고 싶을 때도 있을 것이다. 하지만 그럼에도 불구하고 미안함을 떨치지 못 하는, 그저 몇십 년을 조금 더 살았을 뿐, 요령이라든지 해결책이라든지 하는 건 여전히 어려운 사람이었다. 사람이지 않기를 바랐지만 결국 사람이었다. 그렇게 쉬운 걸 지금에서야 알아버린 나도 그와 같은 사람이었다. 여전히 사는 게 어려운 사람이었다.

○
밤
산
책

　집 근처 몇 바퀴를 돈다. 이런저런 생각이 많을 땐 차라리 나가서 환기를 하는 편이 낫기 때문이다. 문득 걱정거리가 많을수록 하늘을 볼 겨를이 없어진다는 말이 생각이 났다. 내가 낭만이 부족한 사람같이 느껴지는 게 괜히 화가 나서 일부러 한 번 하늘을 봤다.

　달이 보인다. 산책로를 따라 심어진 나무들의 나뭇가지 사이에 오늘따라 유난히 커다랗고 빛나는, 그래서 밤하늘이 더 까매 보이게 만드는 달이 보인다.

　어쩌면 오늘은 널 만나려고 나온 걸지도 모르겠다. 아니면 너 스스로도 오늘의 네가 너무 예뻐 보여서, 괜히 내 마음을 유독 더 복잡하게 해 지금 날

여기까지 나오도록 불렀는지도 모르겠다.

사람들은 다들 널 보면서 소원을 빈다. 저기 막대 사탕을 입에 문 6살짜리 꼬마도, 그 손을 잡고 있는 굵은 파마를 한 힐머니도 소원을 빈다. 이미 술을 잔뜩 마시고 얼굴이 빨개진 할아버지가 엉엉 울며 네게 소리치는 것도 묵묵히 들어주는 걸 보니 넌 꽤나 너그러운 편인 것 같다. 그래서 나도 오늘은 네게 소원을 하나 빌어 볼까 한다.

달아. 나는 아무것도 바라지 않는 사람이 되고 싶다. 나는 눈 감고 기도하는 대신 널 바라보면서 말했다. 눈을 마주치면서 말하면 좀 더 간절해 보이지 않을까 해서. 그렇지만 아마 이 소원은 이루어지지 않을 것 같다. 지금도 이렇게 바라지 않는 사람이길 바라고 있으니까.

탁
자
위
보
온
병

아빠가 서울에서 경상도로 내려가 근무를 하시게
된 지 이제 일 년이 다 되어간다. 평일에는 거기서
근무를 하고, 금요일 저녁이 되면 비행기를 타고 서
울에 올라오셨다가 월요일 아침에 다시 비행기를 타
고 양산으로 가신다.

처음에는 저녁마다 퇴근하고 들어오시는 아버지의
부재가 낯설고 허전했지만, 인간은 적응의 동물이라
고, 이내 어머니와 둘이 사는 생활에 슬슬 익숙해지
기 시작했다.

아빠는 커피를 좋아하신다. 내가 커피를 좋아하
는 건 아빠를 닮은 것 같기도 하다. 어렸을 때부터
아빠가 마시던 커피를 한 모금씩 뺏어 먹으면, 이건
에티오피아야, 이건 케냐야 하고 원두 맛을 알려주

셨다. 솔직히 말하면 난 아직도 구분을 잘 못하겠지만.

평일에 못 보게 된 이후로 아빠는 종종 이유 없는 전화를 하신다. 가끔은 와인에 취해서 하실 때도 있고, 자잘한 궁금한 게 생겨서 전화를 하실 때도 있고, 그냥 잘 지내고 있는지 궁금하다며 전화를 하실 때도 있다. 아주 어렸을 때 내가 보던 아빠에서 점점 귀여워지시고 있는 것 같아 퍽 재밌다.

주말에는 자주 같이 시간을 보내야 하는데, 마음은 먹지만 내 주변 사람들과의 약속도 주로 주말인지라. 가족이라는 평계로 식구들과의 모임은 항상 뒷전으로 미루게 된다. 토요일 아침에 한창 잠에 빠져 있으면, 나를 깨우시면서, 오늘 뭐 해, 아빠랑 놀자,하고 아빠는 종종 내게 투정을 부리신다. 억지로 잠을 깨고 일어나면 아빠는 부엌에서 커피를 내리고 계신다. 아빠가 마시던 컵에 남은 커피를 뺏어 먹는다. 더 마실 거야? 아니 이거면 돼요. 집에 계시는 아빠를 뒤로하고 주말 약속을 나간다.

밤낮이 바뀐 지 오래된 나는 월요일에도 열두 시가 넘어서야 겨우 일어난다. 눈을 비비면서 거실로 나가면 이미 아빠는 비행기를 타고 가고 없다. 좀 일찍 일어나서 배웅을 해드려야 할 텐데,하고 생각하지만 늘 생각뿐이다.

부엌 탁자에 가 보면 보온병이 있다. 카톡 하나가 와 있다. 커피 내려놨으니까 마셔. 아빠가 내린 커피는 여름이나 겨울이나 따뜻하다.

"난 아이스 좋아하는데."

"딸, 커피는 원래 따뜻한 거야."

보온병을 탈탈 털어 담으면 한 컵의 분량이다. 한 잔을 그렇게 다 마시고 나면 내 월요일은 시작이 된다. 따뜻한 월요일이다.

갇힌 고속버스에
봄을 싣는다.

굴러가라고
만들어 놓은 바퀴가
제 의미를 다 하지 못하는
저녁 시간이다.

이미 약속한 시간은
한 시간을 훌쩍 넘겼다.

모든 것이 제대로
돌아가지 않지만

그렇다고
그 누구의 잘못도 아니다.
금요일 밤이다.

창
문
에
앉
는
다

술 취한 오빠를 데리고 집으로 들어가는 길에 얘
기를 했다. 나도 너 때문에 옥상에 가봤는데 무섭더
라. 도대체 넌 거기 어떻게 앉아있었냐. 오빠는 가
볍게 웃었다. 몰랐다. 옥상에 갔구나.

다른 내 친구는 내 얘기를 들었을 때 사실은 자기
도 그 옥상이 궁금하더라 말했다. 얼마나 네 흔적을
남기고 왔는지. 어디에 부딪혀서 네 몸에 망할 멍이
여러 개 들어 온 건지. 네가 앉은 그 창문에서 바라
본 경치는 어땠는지.

우리 아파트 맨 옥상인 24층에는 작은 창문이 있
다. 창문이 꽤 높아서 비상구 따위를 밟고 올라가기
에는 한참 무리기에 잠시 고민을 하다가, 때마침 24
층 사람이 세워둔 자전거를 밟고 올라서서 창문에

걸터앉았다.

떨어지려 하는데 미련이 남는 것들이 자꾸만 생각난다. 두고 갈 사람들이 스쳐 가고, 이루지 못한 일들이 스친다. 겁먹은 나는 지갑을 먼저 던져봤다. 떨어지는 소리가 들리지 않는다.

한 걸음만 더 앞으로 가 앉으면 난 떨어지고 그토록 내 소원이던 죽음에 다가갈 수 있는데 그걸 못했다. 난 죽지도 살지도 못하는 겁쟁이였다. 곧이어 경비 아저씨가 엘리베이터를 타고 올라와 날 끌어내리며 뭐가 그렇게 힘들게 했냐고 다독였다. 창문에서 내려 주저앉아 엉엉 울었다. 이틀 전의 일이다.

○

죽

　가족끼리 다 같이 비싼 뷔페에 가기로 한 날 아침
미친 듯이 위가 쓰라렸다. 스트레스를 많이 받은 탓
인지, 요 근래 내 식습관에 문제가 있었던 건지 잘
은 모르겠지만 망할 위장은 약을 때려 붓고 잠을 자
도 나아지질 않았다. 결국 예약한 인원 중 한 명을
취소하고, 나를 제외한 가족들은 모두 뷔페로 갔고
나는 집에 혼자 남아 닭죽 하나를 주문해 먹었다.

　난 죽이 싫다. 죽은 아픈 맛이 난다. 아무리 간을
하고 이것저것 맛있을 만한 것들을 잔뜩 넣어도 죽
은 맛이 없다. 아무리 사랑하는 사람이 집 앞까지
찾아와 건네준 죽이라고 한들 죽은 맛이 없다.
　음식은 음식의 맛과 추억을 함께 먹는 거라던데,
아플 때만 죽을 먹으니 죽에 얽힌 기억은 무조건 아

팠던 기억들뿐이다. 학교를 조퇴하고 집에 오면서 대중교통을 탈 기운조차 없어 택시기사님과 몇 마디를 나누다 엉엉 울었던 기억. 집에 가는 길에 의미 없는 제출용 처방전을 떼고 침대에 누워 메스꺼운 속을 애써 잠재우려 눈을 감았던. 그렇지만 잠은 오지 않았고 아무것도 먹지 않은 탓에 배가 고프다 못해 쓰리지만 어떤 걸 먹어도 다시 게워낼 것 같은 날. 배달음식이라면 질색팔색을 하던 엄마가 애써 웃으며 마음아 치킨 시켜줄까, 치킨 먹을래,하고 내 눈치를 보았던 기억. 그렇지만 결국은 죽을 꾸역꾸역 삼켜냈던 날. 사실은 다 토해내고 싶었지만 엄마에게 미안해 어떻게든 밀어 넣었던 날. 음식을 먹으면 분명 힘이 나야 하는데 내일 학교에 갈 에너지가 곧 죽어도 나오지 않던 그런 날.

죽에는 그런 기억들이 얽혀있다. 난 죽이 싫다. 음식의 맛을 느끼고 나면 때때로 곱씹고 싶지 않았던 기억들도 생각이 난다. 죽은 아픈 맛이 난다.

열아홉이 되었다. 창고엔 든 것 하나 없고 너덜너
덜해진 가방은 가볍다. 그렇다고 지갑이 무겁단 이
야기는 아니다. 앞자리가 바뀌고 나면 부서질 울타
리가 무서워 엄마 아빠 우리 그냥 평생 같이 살아요
했다.

풀이 과정이 너무 구질구질해서 줄이는 법을 고민
했던 것 같다. 따로 공식이 있을 줄 알고 에세이고
강연이고 뒤져봤는데 그냥 노가다 문제였나 싶다.
우리 엄마가 그랬다. 고냥 살어 사는데 이유가 어딨
냐 뭐 거창한 거라고.

벌써 마흔둘이 된 선생님을 만났다. 여전히 담배
냄새가 난다. 야 나는 아직도 사람이 어렵다 하셨
다. 후회되는 일을 자꾸만 만들고 골치 아픈 고민들

이 날 갈등하게 한다고 스물세 살 아는 언니는 자기는 아직도 중학생 같다고 한다. 열아홉도 쉰아홉도 인생 참 어렵다 한다.

엄마가 내게 누누이 강조하던 것들이 몇 가지 있
다. 다른 사람들에게는 딱히 대수롭지 않을 수도 있
지만, 어렸을 때부터 들어온 나로서는 지켜야 할 규
칙같이 된 부분들이다.

음식을 주문할 때는 시켜 먹는다고 하지 마라. 어
감이 주문을 하는 사람이 요리하고 배달하는 사람보
다 우위에 있다고 느껴지게 만든다.

가위 같은 날카로운 물건을 줄 때는 무조건 손잡
이 방향으로 건네주어라. 주는 사람은 이미 날카로
운 부분을 안전하게 잡고 있어 다칠 위험이 적지만
잡는 사람은 그렇지 않으니까.

배고파 죽겠다, 더워 죽겠다, 암 걸린다 같은 말을
쓰지 마라. 네가 생각하는 것보다 죽음은 훨씬 더

진중하고, 무겁고, 혹 누군가에게는 상처로 와 닿을 단어가 될 수도 있단다.

엄마는 누구보다 타인을 배려하기를 강조하는 사람이었다. 때로는 본인이 손해를 보면서까지 배려하는 모습을 보며 뭐 그렇게까지 하나, 싶지만 영화관에서 콜라를 받아 자연스럽게 빨대의 긴 포장지를 제거하고 짧은 포장지를 집은 채 빨대를 꽂은 후, 다시 그 위 짧은 포장지를 빼내 입이 닿는 부분에 손이 닿지 않게 하려는 나를 보면서, 참, 누구 딸인지, 싶어 웃음이 나온다. 엄마를 닮는다.

휴
식

　고등학교 2학년을 마치고 3학년이 되기 전 봄방학
인 2월에 혼자서 기차를 탔던 날이 있다. 수능 공부
를 하다가 결국은 각성을 해버린 건지 친오빠가 근
무하던 목포에 가는 목포행 KTX를 타버린 것이다.
　맨 앞줄 창가에 앉아서 스피노자의 인문학이 담긴
책 한 권을 읽으며 아이스 아메리카노 한 잔과 초코
송이를 먹으며 목포를 갔다. 어른들이 날 말리는 데
에는 다 이유가 있었을 것이다. 지금 네가 혼자 목
포를 갈 때냐는 어머니의 말에도 이유가 있었을 것
이다.

　나조차도 내 발걸음에 무언가 확신이 있거나 굉장
한 자신이 있는 것은 아니었다. 더 솔직하게 말하자
면, 나조차도 내가 지금 이래도 되는 상황인지, 남

들은 가장 중요하게 생각해 금같이 쪼개 쓴다던 그 고3 겨울방학을 이렇게 여유롭게 허비하고 있어도 되는 건지 아무것도 혼란스럽지 않은 것이 없었다.

그렇지만 어쨌든 나는 목포행 열차 속에 있었다. 얼마나 머물지도, 며칠에 다시 집에 갈지도 정한 것이 아무것도 없었다. 그렇게 나는 목포에서 장장 4박 5일을 오빠 집에서 머물며 이곳저곳을 다녔다.

여행을 갔다 오고 난 후 나는 휴학을 결심했다. 물론 여행이 원인은 아니었지만, 어쨌거나 가장 내게 크게 와 닿았던 것은 난 휴식이 필요하다는 것이었다.

돌이켜보면 참 무지막지하고 바보같은 여행이었다. 용돈이 부족해 오빠한테 밥을 얻어먹기도 하고, 버스가 오지 않아 한참을 걷기도 하고, 그렇게 걸어서 도착한 곳이 이미 영업을 종료해버려 시간 좀 확인할 걸,하고 허탈하게 택시를 타고 돌아가기도 하던 투박한 여행이었다.

그렇지만 지금도 종종 생각이 난다. 오빠와 이야기를 하면서 눈물을 터트렸던 밤. 녹차 밭에 가서 겨울에 녹차 밭을 오는 사람은 우리밖에 없을 거라며 깔깔대며 뛰어놀다가 오르막길에 숨이 가쁘기도

하고, 바다 전망대라 해서 바다를 볼 수 있을 줄 알
고 열심히 올라갔던 곳에는 안개가 껴 아무것도 보
지 못 해 무슨 전망을 보라는 거냐며 툴툴거리던.
서울의 한강과는 비교도 안 된다며 눈을 초롱초롱
거리게 만든 목포의 바다. 화려한 계획은 없어도 어
쨌든 여행이었다. 어쩌면 잃어버린 나를 찾은 것도
같던 그런 여행이었다.

어른이 되는 게 너무 무서웠다.

앞자리 수가 바뀌고 나면
난 더 이상 보호해줄 사람이 없는걸.

당장 난 무얼 하면서 돈을 벌어야 하지?
내가 할 수 있는 일이 있기나 한가?

스무 살이 되면
청춘을 만끽하고 싶어 하던
친구들과는 달리

애늙은이 기질이 강한 나는
사회에 혼자 뚝 떨어진 것 같은 기분에
도망치고 싶었다.

어른이 되기 싫었다.

우리 오래오래 살아요

한창 할머니가 아프실 때, 그 당시 요양원에 계시던 할머니가 엄마한테 넌 왜 그렇게 무정하냐고 하신 적이 있다. 네가 여기에서 3일만 살아봐라.

집에서 요양원은 꽤 거리가 있다. 지하철로 두 정거장을 가서 갈아타서 한 정거장을 더 가야 한다. 아주 먼 거리는 아니지만, 꽤나 귀찮은 거리. 엄마는 그 거리를 몇 개월 동안 매일같이 다녔다. 엄마는 정말, 정말 노력했다.

밤에 몰래 엄마의 통화를 엿들으며 친언니에게 중계를 했다. 몸은 못 움직이시는데, 정신은 멀쩡해서. 균형이 안 맞아서 힘드신 거라고 했다. 이제는 약으로 조절해야 한다고. 그 다음 날 다시 할머니는 엄마에게 전화로 어제 그렇게 말해서 미안하다 하셨다. 어제 그렇게 말씀하시고 나서 미안해서 잠도 못 주무셨다고 한다.

안정이 되고 잠도 좀 잘 수 있는 마약성 진통제를 처방받은 이래로 할머니는 그때보다는 편안해지셨고, 티비 하나 없는 갑갑한 요양원에서 나오셔서 이제는 집에서 생활하신다. 여전히 엄마는 할머니 집을 매일같이 드나들지만, 그래도 요양원보다는 가까운 것이 다행이라면 다행인 셈이다.

힘이 하나도 없는 할머니 손을 잡으면 바보같이 자꾸 눈물이 난다. 사실은 눈이 잘 떠지지 않아 감은 건지 뜬 건지도 잘 구별이 되지 않는 할머니 얼굴만 봐도 눈물이 난다. 모두 탄생이 있으면 언젠간 죽음이 있단 걸 알지만, 끝이 있기에 삶이 더 의미 있다는 것도 알지만, 그래도 아직 어린 마음에. 그냥 아무도 안 아팠으면 좋겠다 싶다. 누군가가 아파하는 걸 마냥 보고 있는 건 정말이지 너무 슬프다. 할머니 우리 오래오래 살아요.

○
꿈
에
서

내
가

죽
었
다

오랜만에 친구랑 영상통화를 했다. 세상에서 사라지고 싶어 하는, 이미 너무 지쳤고 그래서 도망치고 싶어 하던 친구였다. 깊은 새벽까지 대화를 나누고 잠든 다음 날 친구한테 긴 카톡이 와 있었다. 자기 꿈에 내가 나왔다고 했다. 그 꿈에서 내가 죽었다고 했다.

어떤 사람이 친구한테 내가 어제 죽었다고 해서, 자기는 계속 거짓말하지 말라고, 자기랑 분명 영상통화도 했고 만나기로도 했다고 화를 냈다고 했다. 그렇게 계속 안 믿고 있다 막상 장례식에 가니 거짓말이 아니구나 하고 한참 울었다고 했다. 그래서 꿈에서 깬 이후로부터 종일 기분이 안 좋았단다.

행여 기분이 나빴다면 미안하다고 했지만 나는 오히려 반대였다. 네가 그런 꿈을 꿔 주어서 기분이 좋았다.

사람들이 습관처럼 하는 말 중에, 내가 죽으면 몇 명쯤 장례식에 와서 울어 줄까, 이런 말이 있다. 나는 내가 죽어보지도 않고 이미 장례식에 와서 울어 줄 친구 하나를 안 셈이다. 나 하나를 위해서 그게 설령 꿈이었다 한들 계속 우울해 해줄 친구를 알아낸 셈이다.

물론 정말로 죽고 난 후라면 난 사람들이 날 위해서 너무 많은 눈물을 쏟거나 일상생활을 이어가지 못 할 만큼 힘들어하지 않았으면 좋겠지만, 어쨌거나 오늘 나의 죽음은 꿈이었고, 날 그만큼 잃고 싶지 않아 하는, 그렇게 아껴주는 친구가 있다는 건 참 좋은 일이다 싶어, 연신 미안하다는 네게 고맙다고 했다.

그리고 네가 겪은 기분을, 네가 사라졌을 때에는 내가 고스란히 겪을 테니, 네가 오늘 아팠던 무게만큼이라도 힘을 내어 살아달라고 살포시 부탁했다. 나도 널 그만큼 잃고 싶지 않다고. 친구는 이번 주에 자기 집에 놀러 오라고 했다. 그때에는 묘한 꿈을 꾸는 대신에 잘 틈 없이 밤새 이야기를 나누자.

초등학교 5학년 때 제 꿈은
우주 지배자였어요.

왜요?

악당이 되는 게 꿈이었거든요.
전 원래 히어로보다는 빌런이 좋더라고요.

악당이 편한 것 같아요.
착한 사람이 되는 건 어려워요.

계속 잘못하다가 한 번 잘해주면
갑자기 악당이 매력적인 사람으로 변해요.

그냥 악당으로 살고 싶어요.
적당히 나쁘게 살래요.

이
글
을
마
치
며

새벽 4시 35분입니다. 커피를 연달아 몇 잔이나 마신 탓에 심장이 자꾸만 두근거립니다. 두근거리는 마음이 정녕 카페인 때문인지, 아니면 이제 곧 세상에 저의 책이 나올 것을 앞둔 제 기분이 괜히 붕 떠서인지는 잘 모르겠습니다.

책을 마무리하는 단계에 오니 기분이 묘합니다. 어딜 갈 때나 들고 다니던, 무거운 글 쓰는 노트북을 이제 그만 가지고 다닐 생각을 하니 참 후련하면서도 괜스레 섭섭함이 듭니다. 취미 활동이 그다지 없던 저인 터라 그동안은 글을 쓰면서 시간을 보냈는데, 출판을 하고 나면 이제는 또 무엇을 하면서 시간을 보내야 할지 고민을 해 보아야겠습니다.

스무 살의 저는 어떤 모습일까요? 휴학계를 낸 고등학교를 복학하고는 고등학교 3학년을 보내고 있을 수도 있겠습니다. 아마 제 친구들은 성인이 교복을 입고 학교에 다닌다며 놀려댈 수도 있겠네요. 혹은 자퇴를 하고 검정고시를 보거나 아예 중졸로 살아갈 수도 있겠죠. 어딘가에서 아르바이트를 하고 있을 수도 있고, 여전히 연기를 하고 있을 수도 있고요. 혹은 또 다른 책을 위한 글을 쓰고 있을 지도 모르고, 아님 지금은 예상조차 하지 못하는 새로운 일을 하고 있을 수도 있겠죠.

그렇지만 스무 살이 마냥 기대가 되냐 하면은 또 그건 아닙니다. 열아홉의 나로서는 아직 알지 못하는, 앞으로 제게 닥칠 미래들이 한없이 불안하고 걱정스럽기만 합니다. 스무 살은 곧 성인이고, 짊어져야 할 무게가 지금보다는 무거워질 테니까요.

문득 예전에 썼던 일기장을 다시금 펼쳐봅니다. 저는 일기를 주로 힘들었을 때에만 써서, 일기장은 늘 씁쓸한 감정의 쓰레기통 용도를 하고 있습니다. 연초와 연말에 유독 일기가 많은 것으로 보아, 한 해를 마무리하는 일과 또 다른 한 해를 시작하는 일은 늘 생각이 많아지게 만드는 것 같습니다.

작년 12월 말에 쓴 일기를 하나 봅니다. 그때의 저는 열아홉이 되는 걸 무서워하고 있었습니다. 십 대의 끝자락에 무언가를 이루어야 할 것 같은 부담 감과, 고3을 분주하게 준비하고 있는 아이들 사이 대학은 딱히 생각도 없던 제가 뭔가 나도 그들처럼 입시를 해야 하나, 하고 불안함에 어설프게 따라 하다가 괜히 정신만 피폐해지고 말았지요.

열아홉이 거의 다 끝나가는 지점인 지금 돌이켜 보았을 때, 내가 어떻게 살아내었나 생각해 보면 그 렇게 대단한 걸 이루지도, 입시를 하지도 않았지만, 그럼에도 일 년은 지나갔습니다. 아주 만족스러웠다 하기엔 많은 실수와 넘어지는 일들이 있었습니다마 는, 어쨌든 그 하루들이 모여 한 해를 이루어 냈습 니다.

방금 커피를 좀 더 사러 편의점에 갔다가 초등학 교와 중학교를 같이 보낸 동창 친구를 정말 오랜만 에 만났습니다. 졸업한 이후 처음입니다. 새벽을 꼬 박 새우느라 화장기는 아예 없고 안경에 마스크를 긴 채 나갔으니 저를 알아보지는 못하였지만, 그때 는 조그마하던 같이 신발주머니를 돌리며 하교하던 친구가 이제는 어른티가 나는 걸 보고 기분이 새삼

240

묘합니다. 어떻게 남자인 친구들은 못 본 새 훌쩍 자꾸 자라는지 모르겠습니다.

대단한 목표를 한 해에 두기에 생각보다 시간은 짧고 빠르게 지나가더랍니다. 예전에 한창 치아 교정을 할 때 다니던 치과에서 치위생사들이 시간이 너무 빠르다며, 일 년이 고작 365일밖에 안 된다고 느껴진다면서 한탄하는 걸 들었을 때는, 이건 너무 과장이 아닌가 생각했는데, 아직 한없이 투정을 부리고 싶은 제가 벌써 성인이 된다니, 정말로 시간 참 빠르다 싶습니다.

뭐 그렇게 다들 살아가는가 봅니다. 시간이 그렇게 빨리 스쳐 지나가는 걸 보면서, 한 해 한 해에 너무 큰 의미를 두지 않기로 했습니다. 뭐라도 이뤄내야 하는 열아홉과 어른이 되어야 하는 스물은 너무 가혹하단 생각이 들었기 때문입니다. '그냥 열아홉'과, '그냥 스물'을 살기로 했습니다. 나이에 수식어를 붙이니 살아가는 것조차 부담이 되는 것 같더라고요.

'그냥 열아홉'에 책을 냅니다. 부족하고 투박한 글입니다. 그래서 몇 번이고 망설였던, 화려하거나 단정하지 못한 글입니다. 곰곰이 생각해 보던 때도 있었습니다. 다듬어지지 않은 허점 가득한 책을 과연 출판해도 되는 걸까, 그냥 출판사에 당장이라도 못 할 것 같다고 이야기할까 하고요.

혹시 우쿨렐레라는 악기 소리를 들어본 적이 있나요? 기타보다는 훨씬 가볍고 통통 튀는 귀여운 소리가 납니다. 기타가 원색에 가까운 선명한 색들이라면, 우쿨렐레는 좀 더 우유를 잔뜩 탄 듯한 파스텔에 가깝다고 할 수 있을 것 같아요. 몽실몽실한 기분.

초등학교 동아리 활동 때 우쿨렐레를 처음 배웠습니다. 처음으로 예쁜 반주를 할 수 있는 악기를 배웠다는 게 신이 나서, 매주 수요일 딱 한 시간 들었던 동아리 시간을 기다리다 못해 지쳐 결국은 독학을 해가며, 지금 보면 유치하기 짝이 없는 그런 노래를 쓰고 코드를 붙여 만들어 보기도 했습니다.

몇 년이 지난 후 음정은 이미 다 까먹어버린 노래들의 가사를 다시 꺼내 봅니다. 끽해야 초등학생이었거나, 막 중학생이 되었을 때 썼던 것들이라 오그라드는 문장들 투성입니다마는, 지금의 저보다 나은 문장들도 몇 줄 발견했습니다. 가령 '넌 그 자리에 계속 그대로인데 나 혼자 널 놓아준다고 이야기 했다.'라든지, '힘든 일들은 연달아 생겨서 회복하기도 전에 다시 좌절하게 한다.'라든지, '내 눈에 박힌 별들이 다 빠지고 나서야 비로소 현실이 만져지더라.'라는 문장들.

열아홉에 쓴 이 책도, 아마 몇 년이 지나 다시 펴보고 나면 오그라들다 못해 이 책을 구입한 분들을 일일이 찾아가 다 태워버리고 싶을지도 모르겠습니다.

그렇지만 그것과 별개로 저의 열아홉을 기록하는 건 꽤나 멋진 일이라고 생각합니다. 그렇게 오글거리기 짝이 없는 책 내용 중에서도 괜찮은 문장 몇 줄을 발견할 수만 있다면, 제게는 그걸로 의미를 다 해줄 테니까요.

그래서 책을 내기로 했습니다. 먼 훗날 제가 훨씬 더 성숙한 어른이 되어 이 책을 펼쳐보았을 때 부끄럽지만 풋풋했던 어린 날들을 기억하기 위해서요. 여러분. 모두들 저의 별 볼 일 없는 열아홉을 함께 반짝이도록 도와주시어 고맙습니다. 정말 고맙습니다.

나의 마음에게

초판 1쇄 발행 2019년 10월 22일
초판 3쇄 발행 2019년 11월 27일

지은이 장마음
표 지 김경선
발행인 정영욱

책임편집 김 철 | 편집자 정소연
도서기획제작팀 김 철 여태현 김태은 정영주 정소연
디자인 마케팅팀 유채원 홍채은 김은지 백경희

펴낸곳 (주)BOOKRUM | 주 소 서울특별시 구로구 디지털로 234 지하이시티 1813호
전 화 070-5138-9972~3 (도서기획제작팀) | 이메일 editor@bookrum.co.kr
홈페이지 www.bookrum.co.kr | 인스타그램 bookrum.official
포스트 http://post.naver.com/s2mfairy | 블로그 http://blog.naver.com/s2mfairy

ISBN : 979-11-6214-298-1